I0611019

UN MARI POUR EMILY

UN MARI POUR EMILY (DELTA FORCE
HEROES, TOME 4)

SUSAN STOKER

1

———

Emily souriait en regardant sa fille qui déambulait nerveusement dans la petite pièce. À chaque pas, sa robe blanche à fleurs flottait autour d'elle, découvrant les rangers noires qu'elle portait aux pieds. Ses longs cheveux blonds, qu'elle s'obstinait à ne pas coiffer, tombaient sur son dos dans un magnifique désordre. Le pansement bleu sur son coude tranchait avec la blancheur de sa robe, sans couvrir tout à fait les éraflures qu'elle s'était faites ce matin-là en tombant sur le trottoir devant l'église, après avoir trébuché alors qu'elle courait en vraie petite sauvageonne.

Heureusement, Coach était là. Il l'avait aidée à se relever et lui avait rapidement appliqué un pansement Skylanders qu'il avait trouvé dans la trousse de secours de l'église.

— Elle est magnifique, murmura Rayne à côté d'Emily, qui, comme elle, regardait la petite fille avec attendrissement.

Emily tourna la tête vers son amie. Si au début de leur relation, elle avait gardé quelques réserves vis-à-vis de leur amitié, aujourd'hui elle était incapable d'imaginer sa vie sans Rayne à ses côtés. Elle était soulagée de pouvoir lui confier le souci qu'elle se faisait pour Fletch depuis qu'il travaillait pour la Delta Force.

Son cercle amical avait grandi à une vitesse incroyable... Et maintenant que Coach avait enfin trouvé une petite amie, cette dernière avait rejoint leur groupe : Harley concevait des jeux vidéo et elle avait rapidement conquis Annie avec son vocabulaire de geek. Emily avait le sentiment que la fillette suivrait les traces de Harley lorsqu'elle serait plus grande... si elle ne devenait pas soldat.

Mary était elle aussi devenue une amie proche et rendait régulièrement visite à Emily. Malgré son air effronté et légèrement bourru, elle était en réalité une grande sensible. Elle aimait Rayne de manière inconditionnelle et était toujours prête à la défendre envers et contre tout. Emily l'en aimait d'autant plus.

Les trois femmes se trouvaient dans la pièce avec Emily. En tant que demoiselles d'honneur, il était de leur devoir de tenir Fletch à distance afin qu'il ne voie pas la jeune mariée avant la cérémonie. Il leur donnait du fil à retordre : il avait essayé de détourner leur attention à trois reprises.

La première fois, c'était alors que le groupe d'amies arrivait à l'église après leur séance dans un salon de beauté haut de gamme. Alors qu'elles sortaient de la limousine, Annie aperçut Fletch et se rua vers lui, les bras tendus, en criant son nom. D'un geste rapide, Mary attrapa Emily par le bras et la fit pivoter pour la cacher derrière la limousine sans lui laisser le temps de dire quoi que ce soit.

— Qu'est-ce que tu fais ici ? demanda Rayne à Fletch, s'interposant devant la portière où Emily venait de disparaître. Tu sais que tu ne dois pas la voir avant la cérémonie !

— Eh, du calme, rétorqua Fletch, Annie dans ses bras. Je voulais simplement m'assurer que vous étiez toutes bien arrivées...

— Comme tu le vois, c'est le cas. Tout va bien, soupira Mary d'un air faussement exaspéré. Tu peux donc aller... n'importe où, mais s'il te plaît, laisse-nous entrer et continuer de nous préparer.

— C'était *long* ! gémit Annie. Maman n'a fait que

rester assise pendant des heures pendant que la dame la coiffait.

— Vraiment ? s'esclaffa Fletch en déposant un baiser sur la joue de la petite fille. Et toi ? La dame ne t'a pas coiffée ?

— Non, répondit Annie en secouant vigoureusement la tête. C'était trop ennuyeux.

— Elle a essayé, commenta Harley. Mais je dois admettre que c'était un peu ennuyeux.

Fletch tenta alors de faire un pas sur le côté, mais Mary en fit de même, l'empêchant de voir Emily… Malgré les vitres teintées, elle ne voulait pas prendre le risque qu'il puisse découvrir la mariée avant la cérémonie.

— Va-t'en maintenant ! ordonna Rayne à Fletch en prenant Annie dans ses bras. Nous avons encore beaucoup de choses à faire. Tu verras Emily bien assez tôt ! conclut-elle.

Annie semblait vouloir se dégager et Rayne la reposa par terre. Tout le monde sourit alors que la petite fille se précipitait vers l'église en criant le nom de Coach.

La deuxième fois que Fletch tenta d'apercevoir Emily, il en fut, là encore, empêché par Harley. Il venait de passer sa tête dans la pièce où on la maquillait. Harley lui claqua la porte au nez, provoquant l'hilarité générale parmi les femmes qui s'affairaient autour de la mariée.

La troisième fois, ce fut Annie qui le surprit la main dans le sac. Fletch s'était faufilé dans les toilettes des femmes et attendait qu'Emily s'y retranche – pour la voir et, probablement, lui voler un ou deux baisers. Annie, qui avait repéré le stratagème, décida de le chasser en le poussant de ses petites mains alors qu'elle faisait mine de le gronder.

Il ne restait plus que vingt minutes avant le début de la cérémonie. Toutes les femmes étaient enfin habillées et maquillées. Elles n'avaient plus qu'à tuer le temps.

— Ce n'était pas trop bizarre de rencontrer les parents de Fletch ? demanda Rayne.

— Non, pas du tout, répondit immédiatement Emily. Je dois avouer que j'avais un peu peur... Qui rencontre ses futurs beaux-parents la veille de son mariage ? Mais ils se sont montrés extrêmement simples et sympathiques envers moi. Ils se sont même excusés de ne pas avoir pu se rendre à la cérémonie d'adoption d'Annie. Ils avaient l'air sincèrement désolés.

— Pourquoi n'y ont-ils pas assisté ? s'enquit Harley.

Emily se tourna vers son amie et lui sourit. La

petite amie de Coach portait un chignon flou qui laissait échapper quelques mèches encadrant merveilleusement son visage, et sa superbe robe bleu marine à fines bretelles mettait en valeur son corps grand et svelte. Elle était resplendissante.

— Sa mère était à l'hôpital, répondit-elle. Je crois qu'elle avait une sorte d'infection qui s'est transformée en pneumonie.

— Mais elle est guérie maintenant ? s'inquiéta Mary.

Aussitôt, Emily regretta ses mots. Mary détestait entendre parler d'hôpital et de personnes malades. Rayne l'évoquait rarement, et Mary absolument *jamais*, pourtant toutes savaient que la jeune femme avait souffert d'un cancer du sein. À sa réaction, Emily se demanda si elle avait rechuté, mais naturellement, ce n'était pas le moment d'aborder ce sujet.

— Elle va très bien maintenant, la rassura-t-elle. Ils auraient aimé venir plus tôt, mais ce n'était jamais le bon moment et Fletch ne voulait pas qu'ils voyagent tant que sa mère n'était pas complètement rétablie.

— Je comprends, répondit Rayne d'un ton neutre. Qu'est-ce qu'ils ont dit quand ils t'ont rencontrée ? Tu n'étais pas du tout paniquée ?

— Si, bien sûr. Au début. Mais Annie était là et

comme elle n'a pas vraiment de grands-parents, elle était très heureuse de les rencontrer. Ça nous a permis de briser la glace facilement.

— C'est vrai qu'elle peut être très exubérante, renchérit Mary à mi-voix pour éviter qu'Annie l'entende.

— C'est un euphémisme ! répondit la mère de la fillette en riant. Ils étaient à peine sortis de la voiture quand Fletch lui a dit qu'elle pouvait y aller Annie a couru vers eux et s'est blottie contre la mère de Fletch en l'appelant *Nana*. Ensuite, elle a fait pareil avec son mari, qu'elle a aussitôt appelé *Nono*... Je ne sais même pas où elle a entendu ces surnoms ! Vous auriez dû voir le regard des parents... c'était magique !

— Fletch est leur unique enfant ? demanda Rayne.

— Oui. Sa mère était émue aux larmes. Après ça, la rencontre était gagnée d'avance !

Ses amies éclatèrent de rire.

— J'imagine ! commenta Rayne.

— Ils ont passé l'après-midi avec nous hier et ils ont dormi dans l'appartement au-dessus du garage. Ils sont à l'hôtel ce soir : ils ne voulaient pas nous déranger pendant notre nuit de noces.

— Mais vous allez réellement rester ici ce soir ?

J'étais certaine que vous iriez dans un bel hôtel à Waco, ou quelque chose dans ce genre, dit Mary en levant un sourcil d'un air interrogateur.

— Non, nous voulions que notre mariage soit aussi discret que possible. Pas de grande fête ni de tralalas. Et puis, comme nous organisons la réception à la maison, nous ne voulons pas prendre le volant après.

— Rassure-moi, vous avez quand même prévu une lune de miel ? demanda Harley.

— Oui, évidemment ! fit Emily avec un sourire béat. Dans quelques mois, nous allons à Big Bend. C'est un endroit désert avec de petites cabanes en bois perdues au milieu de nulle part dans un décor de rêve. Il n'y a même pas Internet. Nous serons totalement seuls et nous n'aurons à nous soucier de rien.

— Vous emmenez Annie ? demanda Mary en regardant la petite fille.

Elle s'amusait avec une dizaine de figurines GI Joe qu'elle faisait parler en les déplaçant sur le rebord de la fenêtre.

— Elle aurait bien voulu, mais les parents de Fletch ont proposé de venir la garder ici.

— Et Annie est d'accord ? s'enquit Harley.

Emily ouvrit de grands yeux et arqua ses sourcils comme pour dire : « Tu plaisantes ? »

— Je vois, elle est *plus* que d'accord, traduisit Harley en riant.

— Exactement ! Elle s'est déjà mis les grands-parents dans la poche... Quatre jours entiers avec Nana et Nono, c'est l'aventure la plus cool de sa vie ! Alors, oui, elle est plus que d'accord.

— Et vous avez parlé d'enfants ? demanda Mary d'un ton soudain plus sérieux.

— Non, pas vraiment, répondit lentement Emily en baissant les yeux. Je pense qu'il voudrait en avoir. Je vois bien qu'il adore les enfants, à la manière dont il se comporte avec Annie. Mais je ne pense pas être prête pour ça.

— Si je peux te donner un conseil, n'attends pas trop longtemps. On perd vite la possibilité d'en avoir ...

Le silence s'installa parmi le petit groupe après la remarque de la jeune femme. Elle semblait profondément meurtrie.

— Mary... commença Rayne avant d'être interrompue par des coups sur la porte.

— Vous êtes bientôt prêtes ?

Abandonnant ses jouets, Annie se précipita.

— Demande qui c'est avant d'ouvrir, ma chérie ! lui lança Emily, même si le fort accent texan de Beatle le rendait reconnaissable entre mille.

— Qui est-ce ? cria Annie, la main posée sur la poignée de la porte.

— C'est moi, Beatle, petit lutin !

Annie s'empressa d'ouvrir.

— *Bibiteul !* lança-t-elle en lui sautant au cou lorsqu'elle le découvrit.

Elle l'avait déjà vu plus tôt dans la journée, mais chaque fois, elle semblait toujours aussi heureuse de le retrouver.

Beatle sourit en enroulant ses bras autour de la fillette et la souleva du sol, la serrant contre lui.

— C'est bientôt l'heure !

Ses yeux se posèrent sur Emily avec admiration.

— Fletch a beaucoup de chance, murmura-t-il.

Emily rougit. C'était idiot, et pourtant elle ne pouvait pas s'en empêcher. De tous les coéquipiers de Fletch, Beatle et Blade étaient ceux qu'elle connaissait le moins, mais elle savait qu'elle était en sécurité avec eux... comme avec tous les autres, d'ailleurs. Cela valait aussi pour Annie ; tous les collègues de Fletch avaient déjà joué les baby-sitters au moins une fois.

— Merci, lui dit-elle timidement. Je dirais que c'est plutôt moi qui ai de la chance...

— Vous êtes tout aussi chanceux l'un que l'autre, dans ce cas, répondit-il avec des yeux malicieux. Et toi, tu es prête ? lança-t-il à Annie. Où est ton panier ?

Annie se retourna brusquement afin de chercher du regard le petit panier blanc à fleurs qu'elle était censée porter dans l'allée. Si Beatle ne la tenait pas fermement contre lui, elle aurait trébuché. Mais comme tous les autres, il était habitué à sa brusquerie et l'empêchait de se faire mal.

— Il est là-bas ! cria Annie en désignant la fenêtre où elle avait joué avant qu'il n'arrive.

— Va vite le chercher, lui dit Beatle en la reposant doucement sur le sol. C'est bientôt l'heure d'entrer en scène !

Se redressant, il regarda le groupe d'amies, et en particulier Emily.

— Fletch attend ce jour depuis longtemps. Je suis très heureux pour vous deux, lui dit-il.

— Merci, répondit-elle en se levant et en se dirigeant vers le coéquipier de son futur mari. Merci pour tout ce que tu as fait pour moi et Annie. Je sais qu'elle peut être turbulente et que ce n'est pas toujours facile de s'occuper d'elle.

— Pas du tout. C'est un ange ! rétorqua Beatle. J'adore comme son visage s'illumine quand on l'emmène à la base et qu'on la laisse jouer sur le parcours du combattant. Ou quand on rampe par terre en faisant semblant d'être des soldats sur un champ de bataille. Ce n'est peut-être pas une petite fille modèle, mais c'est l'enfant la plus généreuse que je connaisse. Tu l'as remarquablement élevée ; grâce à toi, elle est elle-même et pas que ce que la société attend d'elle.

Les yeux d'Emily se remplirent de larmes. Être une mère célibataire d'une petite fille précoce n'avait pas toujours été facile. L'intelligence d'Annie était parfois difficile à gérer. Mais avec Fletch, et grâce à l'attention et l'amour de tous ses coéquipiers, Annie grandissait dans un climat de confiance, de joie et de partage qui lui permettait d'être parfaitement épanouie. Emily n'avait pas spécialement hâte que sa fille devienne adolescente, mais elle espérait de tout son cœur qu'elle garderait la joie de vivre qu'elle avait en elle.

— Merci, Beatle. Ça signifie beaucoup pour moi...

— Je t'en prie. Et maintenant, il est temps de rejoindre ton futur mari. Il a été grincheux toute la journée... Je crois qu'il aurait aimé te voir, au cas où tu ne l'aurais pas remarqué.

— J'avais compris, en effet, répondit-elle en riant, essuyant soigneusement ses larmes tout en se félicitant d'avoir accepté le mascara waterproof que la maquilleuse avait insisté pour utiliser.

Ils s'adressèrent un sourire mutuel.

— Allez, ma chérie, viens ! lança Emily à sa fille qui jouait avec son panier près de la fenêtre.

Aussitôt, Annie se précipita vers sa mère, se jetant lourdement dans ses bras. Emily posa une main sur sa tête et lui sourit amoureusement.

Rayne, Mary et Harley s'approchèrent alors d'Emily.

— Allons-y, les filles, dit la future mariée à ses amies. Plus vite la cérémonie sera terminée et plus vite nous pourrons faire la fête !

Le petit groupe, tout sourire, se dirigea alors vers la porte.

— Nous te suivons, *Bibiteul*, lança Emily à l'attention de Beatle. Je suis prête à devenir madame Cormac Fletcher.

2
───────

Fletch trépignait derrière l'autel. S'il avait eu assez de place, il aurait fait les cent pas. Mais il était coincé, entouré par tous ses coéquipiers : Ghost, Coach, Hollywood, Beatle, Blade, Truck et Fish, le dernier arrivé. Tous l'observaient avec un mélange de moquerie, de jalousie et de tendresse. Ils étaient à la fois amusés de le voir en proie à une situation dans laquelle il n'avait pas le contrôle, certainement pour la première fois, jaloux de le savoir aussi amoureux, et en même temps, infiniment heureux pour lui.

Fish semblait particulièrement mal à l'aise. C'était Truck qui avait insisté pour qu'il vienne à la cérémonie. Dane « Fish » Munroe avait appartenu à une unité de la Delta Force tombée dans une embuscade au Moyen-Orient. Son bras avait été arraché et il avait été sauvé par Truck et le reste de l'équipe, qui s'étaient précipités pour le mettre à l'abri. Il leur devait la vie. À la suite de cela, il avait dû quitter l'armée pour raisons médicales et, depuis, il était en convalescence.

Il était pâle et droit comme un *i*. De toute évidence, il ne se sentait pas à sa place – il n'était là que parce que Truck avait insisté jusqu'à ce qu'il accepte de se joindre aux garçons d'honneur. Truck pensait que cela l'aiderait à se sentir mieux : Fish n'avait pas seulement perdu son bras ; c'était aussi son équipe et son travail qui s'étaient envolés du jour au lendemain.

Truck avait donc décidé de le prendre sous son aile. Il avait rendu visite à son nouvel ami lorsque celui-ci était au centre de rééducation d'Austin, aussi souvent qu'il l'avait pu. Il lui posait des questions sur ses anciens coéquipiers et l'encourageait à parler autant que possible. En l'invitant au mariage de Fletch, il voulait l'aider à sortir la tête de l'eau.

Fletch inclina la tête sur le côté et tira sur le col de sa chemise. Il ne se sentait pas très à l'aise dans son uniforme militaire bleu qu'il réservait aux grandes occasions, mais il lui avait paru inconcevable de porter autre chose le jour de son mariage.

Ses coéquipiers avaient enfilé chacun le sien. En les regardant, Fletch pensa que ses amis avaient décidément fière allure.

— Tu as vu Emily aujourd'hui ? lui demanda Hollywood.

— Non. Pourtant, je t'assure que j'ai essayé.

— Tu es un Delta... Tu aurais dû réussir, le taquina Blade.

Fletch répondit avec un doigt d'honneur. En fait, il n'avait pas tout tenté. Blade avait raison : s'il avait voulu voir sa fiancée avant qu'elle ne s'avance vers lui dans l'allée centrale, il y serait parvenu. Mais il savait que la tradition comptait beaucoup à ses yeux et il voulait que cette journée soit parfaite pour celle qui s'apprêtait à devenir sa femme et qu'il aimait par-dessus tout. Il avait fait quelques tentatives, sans grande conviction. Il savait qu'il serait repoussé, et il cherchait plus à amuser sa femme qu'à la voir réellement. Or à présent, il était réellement impatient qu'Emily apparaisse et s'approche... prête à se donner à lui pour le restant de ses jours.

— Nous sommes sur le point de commencer, leur annonça le prêtre en passant la tête par la porte. Si vous voulez bien me suivre et prendre place...

L'équipe quitta la pièce, à l'exception de Ghost et Fletch.

— Je suis content pour toi, lui dit Ghost en posant une main sur son épaule. Emily et toi, vous étiez faits l'un pour l'autre.

— Merci. Je sais que beaucoup d'hommes redoutent ce moment, ou se demandent s'ils ne sont pas en train de faire une bêtise. Mais je t'assure que, pour ma part, je suis vraiment heureux d'épouser Emily. Je me sens aussi excité que si je m'apprêtais à sauter en parachute sur un territoire ennemi.

— C'est bon, hein ? confirma Ghost en riant.

— C'est vrai. D'ailleurs... Quand vas-tu enfin te décider à épouser Rayne ?

— Je l'aurais déjà épousée cent fois, répondit-il en le regardant droit dans les yeux. Mais elle n'est pas prête.

— C'est-à-dire ?

Ghost jeta un rapide coup d'œil en direction de la porte.

— Je n'ai pas le temps de t'expliquer maintenant, mais pour résumer, elle se fait du souci pour Mary. Je ne sais pas si elle a rechuté, ou s'il s'agit d'autre chose, mais ça ne va pas. Elle va très souvent à l'hôpital et Rayne est inquiète pour elle. Du coup, elle est incapable de penser au mariage en ce moment.

Sans savoir que répondre, Fletch posa sa main

sur l'épaule de son ami afin de lui témoigner son soutien.

— Mais rassure-toi, tôt ou tard, elle deviendra ma femme ! reprit Ghost. En fait, elle l'est déjà. J'ai fait changer mon testament, je l'ai ajoutée comme titulaire de mon compte bancaire et je l'ai mentionnée à l'Armée comme parent le plus proche afin qu'elle reçoive une pension dans le cas où il m'arriverait quelque chose. Si je le pouvais, je l'épouserais demain, mais je la respecte et je sais que son amitié avec Mary compte beaucoup pour elle. Je suis prêt à attendre. De son côté, elle sait que je lui ai déjà acheté une bague de fiançailles – je la lui ai montrée. Pour l'instant, ça nous suffit.

— Tu vas sûrement me trouver un peu vieux jeu, répondit Fletch, mais c'est très différent de savoir que la femme que tu aimes est liée à toi léga-lement. Le vieil homme des cavernes qui sommeille en moi sera soulagé lorsque nous aurons signé les papiers. J'ai hâte de la déclarer officiellement auprès de l'Armée comme étant ma femme, d'ob-tenir ses documents d'épouse de militaire, de les ajouter à ma mutuelle, Annie et elle... C'est idiot, mais tout ça me rend très heureux. Dès que Rayne sera prête, épouse-la. Tu verras, tu ne le regretteras pas.

— Je sais que tu as raison. Viens, il est temps d'aller te faire passer la corde au cou, mon pote !

— Oh, que oui, murmura Fletch en tirant sur l'ourlet de sa veste d'uniforme. Allons-y !

Fletch se tenait près de l'autel et fixait les bancs du regard en attendant qu'Emily apparaisse. Ils avaient décidé de limiter la liste des invités, et pourtant il avait été surpris par le nombre de personnes qui lui avaient répondu qu'elles ne manqueraient son mariage pour rien au monde.

Bien sûr, il y avait ses coéquipiers et Fish, ses témoins, mais également des membres des Forces Spéciales avec lesquels ils avaient collaboré en Turquie. Les uniformes blancs de Wolf, Abe, Cookie, Mozart, Dude et Benny tranchaient avec la couleur sombre des bancs en bois et des tenues des autres invités.

Penelope Turner, surnommée Tiger, la femme qu'ils avaient aidée à s'échapper de Turquie, était également présente. À ses côtés se trouvait un homme vêtu d'un pantalon noir et d'une chemise bleue sur laquelle était cousue l'insigne des pompiers. Il n'avait pas ôté sa main du dos de Tiger, qu'il dépassait d'une tête, jusqu'à ce qu'ils soient assis. Fletch ne le connaissait pas, mais de toute évidence, il était très amoureux...

Sans surprise, TJ Rockwell était là, lui aussi. Avec son uniforme de la police des autoroutes, il était assis de l'autre côté de Tiger. Avant d'intégrer la patrouille routière, TJ était membre de la Delta Force. Il avait porté secours à Emily en contribuant à la sauver des griffes de cet enfoiré de Jacks. Ce n'était pas officiel, mais « Delta un jour, Delta toujours ! » TJ resterait à jamais le bienvenu dans leur groupe.

L'œil de Fletch se dirigea ensuite vers un autre banc, où il aperçut un homme qu'il n'avait jamais rencontré jusqu'à ce matin. John Keegan, surnommé « Tex » – le fameux Tex. Cet homme était célèbre dans leur cercle militaire ultra-secret pour avoir contribué à sauver la vie de presque toutes les femmes des agents des forces spéciales et pour avoir apporté son aide dans plusieurs situations impliquant des amis de TJ.

Une jolie femme était assise à côté de lui, une main posée sur sa jambe. Ses cheveux blonds étaient noués en un chignon complexe et le sourire qu'elle arborait illuminait son visage. La petite fille, encore bébé, qui dormait dans son autre bras était sa copie conforme : tout aussi blonde et délicate. En revanche, l'adolescente assise à ses côtés n'aurait pas pu être plus différente : la peau couleur olive et les cheveux d'un noir d'ébène, elle était originaire du Moyen-Orient, de toute évidence. Fletch avait appris qu'elle s'appelait Akilah. C'était la fille que Tex et Melody avaient adoptée en Irak. Il ne fut guère surpris en découvrant qu'Akilah avait une prothèse au bras. Tex, qui avait lui-même perdu une partie de sa jambe, avait certainement ressenti de l'empathie immédiate pour cette enfant amputée d'un membre.

Akilah avait les yeux rivés sur Fish.

Le jeune marié tourna la tête et regarda à son tour le soldat, du coin de l'œil. Son nouvel ami semblait toujours aussi mal à l'aise dans la rangée des garçons d'honneur. Son regard alternait nerveusement entre la porte et les grandes fenêtres latérales, tandis que son bras gauche pendait mollement le long de son corps, le métal de sa main artificielle étincelant dans la lumière de l'église.

Fletch reporta son attention sur Akilah. Ces deux-là pourraient peut-être former un joli couple, songea-t-il...

Il fut interrompu dans ses pensées par les portes

de l'église qui, enfin, s'ouvrirent lentement dans un craquement assourdissant.

— Tu vas voir, lui murmura Beatle, ta fille et ta femme sont magnifiques !

— Ferme-la, connard ! répondit Fletch, sans quitter la porte des yeux, comme s'il s'apprêtait à découvrir pour la première fois les deux femmes de sa vie.

Il entendit vaguement ses amis ricaner, mais rien ne pouvait le détourner de son point de mire.

Harley fut la première à franchir le pas de la porte. Malgré l'orgue, tous entendirent l'inspiration admirative que prit Coach, incapable de contenir sa surprise. La jeune femme qui d'ordinaire, comme Annie, préférait les survêtements et les t-shirts aux robes et aux talons, était magnifique.

Au sommet de sa tête, un chignon élaboré dans lequel des fleurs blanches avaient été disposées contrastait avec la couleur plus foncée de ses boucles. La robe bleue qu'elle portait mettait en valeur son corps mince et ondulait autour d'elle alors qu'elle évoluait dans l'allée. Comme elle avait horreur d'être au centre de l'attention, elle marchait rapidement. Ses yeux étaient rivés sur ceux de Coach, à qui Fletch la vit murmurer « je t'aime » avant de tourner à gauche devant l'autel pour rejoindre sa place.

Emily s'était inquiétée d'avoir seulement trois demoiselles d'honneur alors que Fletch avait, de son côté, sept témoins, mais finalement, ils avaient décidé de faire fi de la tradition selon laquelle les mariés devaient avoir le même nombre de personnes à leurs côtés. Ils organisaient leur mariage comme ils l'entendaient et se fichaient que cela puisse déplaire.

Le regard de Fletch retourna vers la porte et il vit Mary pénétrer à son tour dans l'allée centrale. Elle ne pouvait pas coiffer ses cheveux courts en chignon comme ceux de ses amies, mais elle avait mis une barrette en strass qui scintillait, projetant des éclats de lumière sur son visage.

Curieux de la réaction de son ami, Fletch tourna la tête pour voir Truck fixer Mary d'un regard exprimant à la fois tout l'amour qu'il avait pour elle et son désir de la protéger. Fletch n'était pas surpris de savoir son ami amoureux : il avait compris depuis longtemps que le plus costaud, le plus agressif et le plus dur des hommes de leur groupe était tombé sous le charme de ce petit bout de femme énergique qu'était la meilleure amie de Rayne. Toutefois, il comprenait moins pourquoi Truck semblait s'inquiéter pour elle. Quiconque avait déjà côtoyé Mary pendant cinq minutes savait qu'elle était parfaitement capable de se débrouiller seule et qu'elle détestait l'aide extérieure. Il savait que Truck et Mary s'étaient téléphoné plusieurs fois en secret et il sentait qu'il y avait un problème, sans savoir de quoi il s'agissait. Toutefois, il n'avait pas le temps d'y réfléchir davantage. Mary prit place aux côtés de Harley, et ce fut au tour de Rayne de remonter l'allée.

Rayne était hôtesse de l'air, ce qui lui conférait une aisance dont étaient dépourvues les deux précédentes demoiselles d'honneur. Elle marchait d'un pas assuré et regardait Ghost avec un grand sourire, son regard trahissant tout l'amour qu'elle ressentait pour lui. Fletch était admiratif de cette femme, qui avait surmonté vaillamment l'enfer qu'elle avait vécu en Égypte. Cet épisode de sa vie l'avait rendue plus forte plutôt que de la briser.

Fletch regarda à nouveau vers l'entrée de l'église. Le moment qu'il avait tant attendu était enfin arrivé : Annie, sa fille, fit son entrée. En la voyant, il ne put réprimer un immense sourire, même s'il l'avait déjà vue plus tôt, lorsqu'elle l'avait chassé des toilettes des dames où il avait tenté de voir Emily. Elle portait une robe blanche tout en froufrous et dentelle bouffante, évasée à partir de la taille pour finir par une traîne interminable. Elle était magnifique. Pourtant, il n'aurait jamais imaginé qu'elle puisse porter une telle robe. D'ordinaire, sa fille détestait les vêtements trop féminins. Elle ne supportait pas cela. Mais puisque sa mère allait porter du blanc et que son papa le lui avait demandé, Annie avait accepté d'enfiler cette robe. À une condition, toutefois : qu'elle ne la porte que pour la cérémonie et qu'elle puisse l'enlever à l'occasion de la fête.

Non seulement Emily et Fletch avaient accepté la condition de leur fille, mais ils avaient estimé que c'était une excellente idée pour tout le monde. C'est ainsi que tous les convives avaient été priés de se débarrasser de leur tenue d'apparat après la cérémonie à l'église pour ne porter que des vêtements confortables lors de la réception.

Ce que Fletch préférait dans la tenue de sa fille, c'étaient ses petites rangers. Du Annie tout craché. C'était Truck qui avait acheté ces bottes ; il les avait fait fabriquer spécialement pour sa cérémonie d'adoption. Depuis, elle les portait presque tous les jours. Un soir, alors que Fletch cirait ses chaussures en vue du mariage, elle avait insisté pour qu'il lui montre comment faire. Père et fille s'étaient alors lancés dans une leçon appliquée de cirage. Ce n'était pas une activité dont Fletch aurait rêvé, mais il s'était néanmoins réjoui de ce moment de partage.

Annie lui sourit au bout de l'allée et se dirigea lentement vers lui, comme on le lui avait demandé. Délicatement, elle prenait des pétales dans son panier et les laissait tomber au sol. Sa langue légèrement tirée trahissait toute sa concentration et sa volonté de bien faire pour ne pas gâcher la cérémonie.

Fletch la regardait avec émerveillement. Il adorait sa chevelure, longue, brillante et épaisse, qui tombait en bataille et lui donnait un côté sauvageonne. Elle qui n'aimait pas les choses féminines faisait pourtant une exception pour ses cheveux : elle refusait catégoriquement qu'on les lui coupe. En la voyant remonter l'allée, Fletch pensa qu'elle avait raison. Certes elle ne les coiffait pas suffisamment, mais ils étaient magnifiques et faisaient toute sa personnalité.

Tout à coup, Fletch entendit des rires étouffés monter du fond de l'église au fur et à mesure qu'Annie avançait dans l'allée. Il ne comprit pas tout de suite ce qui provoquait cette hilarité générale jusqu'à ce que Ghost lui souffle :

— Regarde ce qu'elle laisse tomber dans l'allée !

Fletch observa le tapis central et faillit s'étouffer en se retenant d'éclater de rire. Annie jetait des pétales de fleurs blancs, comme on le lui avait demandé, mais elle semait également de petites figurines GI Joe. Un pétale, une figurine, un pétale, une figurine... Elle continua ainsi tout le long de l'allée. Fletch aurait dû la réprimander pour cette bêtise, mais il en était incapable ; c'était tellement adorable !

Il craignit toutefois qu'Emily marche sur l'un des jouets en plastique et se torde la cheville. Heureusement, dès que cette pensée lui traversa l'esprit, Dude, l'un des membres des Forces Spéciales, s'empressa de retirer les jouets que la fillette avait laissés derrière elle. Lorsqu'il eut terminé, il s'écarta discrètement afin de ne pas attirer l'attention sur lui.

Fletch se détendit. Il ne connaissait pas très bien l'équipe des Forces Spéciales, mais de toute évidence, Dude était du genre à prendre grand soin des autres. Fletch était prêt à parier qu'il devait avoir une fille et qu'il était un père très protecteur pour agir ainsi.

— Coucou, papa Fletch ! lança Annie lorsqu'elle arriva au bout de l'allée. J'ai *tellement* hâte que tu te maries avec maman, reprit-elle à voix haute. Je sais que vous dormez déjà dans le même lit, alors ça va rien changer, mais au moins, maintenant, maman sera « Fletch » elle aussi !

Il se sentit rougir et tenta d'ignorer les ricanements des hommes qui se trouvaient à sa gauche. Posant un genou à terre, il tendit les bras vers sa fille qui laissa tomber son panier, les pétales de fleurs et les quelques figurines encore à l'intérieur pour se jeter à son cou.

— Je t'aime, mon lutin ! lui murmura-t-il en en la serrant contre lui, tandis qu'Annie enfouissait son visage contre lui.

— Moi aussi, je t'aime, papa !

— Va vite vers Rayne, d'accord ?

— D'accord ! répondit-elle en hochant la tête avec enthousiasme.

Elle se mit alors à genoux, sa robe formant une corolle autour d'elle, et ramassa son panier en toute hâte, rangeant les figurines qui étaient tombées, mais laissant les pétales de fleur, puis elle courut se placer entre Rayne et Mary.

Soudain, l'orgue laissa place à la *Marche nuptiale* qui retentit dans toute l'église. Reconnaissant le signal, les invités se levèrent et se tournèrent vers l'entrée.

Fletch avait lui aussi les yeux rivés sur les portes de l'église, qui avaient été fermées et devant lesquelles se tenaient deux hommes qu'il ne connaissait pas. Chacun avait la main posée sur une poignée, prêt à ouvrir pour laisser entrer Emily.

Comme au ralenti, il vit les hommes tirer les deux battants. Le seuil demeura vide quelques secondes avant qu'Emily n'apparaisse enfin dans toute sa splendeur.

Fletch eut le souffle coupé en découvrant pour la première fois Emily dans sa tenue de mariée. Il ne l'avait pas vue dans sa robe avant ce moment et il fut ébloui par sa beauté.

Un décolleté plongeant en forme de V dévoilait un soupçon de poitrine, tandis que la dentelle délicate autour de sa taille mettait en valeur ses courbes sublimes. Les manches longues de la robe, également en dentelle, recouvraient ses bras dans un jeu raffiné de tissu et de peau bronzée. Enfin, la jupe qui moulait sa taille et ses hanches se terminait par une légère traîne. Dans ses mains, Emily tenait un bouquet d'arums blancs, simple et élégant. De là où il se trouvait, Fletch ne voyait pas l'arrière de sa tête ni sa coiffure, mais il imaginait qu'elle devait être très sophistiquée, car Emily avait passé plus de deux heures au salon de beauté.

Ce qui l'émouvait le plus, c'était le sourire qui illuminait son visage, toute la joie et l'amour qui faisaient briller son regard. Elle garda les yeux sur lui tout le long de l'allée. Il lui avait demandé si elle souhaitait que son père l'accompagne jusqu'à l'autel – Emily n'ayant plus ses parents – mais elle avait décliné la proposition, affirmant qu'elle était parfaitement capable de s'y rendre seule... De toute façon, elle n'aimait pas l'idée que quelqu'un la remette à son mari ; elle voulait se donner d'*elle-même*.

Fletch ne la quittait pas des yeux tandis qu'elle approchait. Lorsque, à mi-chemin, elle trébucha, surprise et effrayée, Fletch ne put s'empêcher d'aller la rattraper. Il remarqua vaguement que trois agents des Forces Spéciales – ainsi que TJ, le pompier qui accompagnait Tiger, et quelques autres hommes – avaient eu le même réflexe, mais il fut le premier à arriver près d'Emily et à glisser son bras autour de sa taille fine pour la retenir.

— Notre fille a eu la mauvaise idée de parsemer le sol de figurines en plus des pétales de fleur, lui susurra-t-il à l'oreille.

— Bizarrement, ça ne m'étonne pas ! rétorqua-t-elle en plongeant son regard pétillant dans le sien.

— Tu es magnifique, lui dit Fletch en la dévorant des yeux, ignorant la musique qui continuait en arrière-plan.

— Toi aussi, lui répondit-elle immédiatement, d'une voix douce.

Les futurs époux restèrent un long moment à se regarder avec une admiration mutuelle lorsqu'ils furent interrompus par Wolf, le chef des Forces Spéciales.

— Bon, l'ami ! Nous n'avons pas toute la journée, lui lança-t-il. Vous aurez tout le temps de vous regarder après, mais pour l'instant, vous avez des vœux à échanger !

Se redressant, Fletch leva le menton vers Wolf puis se tourna à nouveau vers Emily.

— Je peux t'accompagner jusqu'à l'autel, mon amour ? lui demanda-t-il en lui offrant son coude.

Immédiatement, Emily enroula son bras autour de celui de son futur mari.

— Avec plaisir ! répondit-elle avec un grand sourire en s'appuyant contre lui.

Ensemble, le couple se rendit auprès du prêtre qui les attendait, tout sourire, sans afficher la moindre impatience ni contrariété. Fletch sourit à Annie et lui fit un clin d'œil qu'elle lui rendit maladroitement.

Rayne prit alors le bouquet des mains d'Emily et, sans perdre plus de temps, l'homme d'Église entama la cérémonie. Si on le lui avait demandé, Fletch aurait été incapable de répéter ce que le prêtre était en train de dire, mais il lui faisait confiance. Sans doute prononçait-il le discours de cérémonie habituel. Tout ce qu'il voyait, c'était l'amour dans les yeux d'Emily quand elle le regardait. Tout ce qu'il sentait, c'était la chaleur de son corps près du sien comme il la tenait fermement par la main. Tout ce qu'il entendait, c'était sa propre respiration alors qu'il attendait avec impatience qu'arrive son tour de prononcer ses vœux.

Puis, tout à coup, ce fut le moment.

— D'après ce que je comprends, leur dit le prêtre en s'adressant directement à eux, vous avez écrit vos propres vœux.

Emily et lui acquiescèrent en même temps.

L'homme mit alors ses mains derrière son dos et attendit que Fletch commence.

C'était Emily qui avait émis l'idée qu'ils rédigent leurs propres textes. Au début, Fletch n'était pas enthousiasmé par l'idée. Il craignait de ne pas savoir quoi dire et de ne pas pouvoir rivaliser avec ce qu'aurait préparé sa fiancée. Or en voyant la déception sur son visage, il avait fini par capituler.

Il ne regrettait pas son choix. À présent, il était impatient de dire à Emily, à tous ses amis et à sa famille, devant Dieu, à quel point ce moment était important pour lui.

Doucement, il se tourna vers elle et prit ses deux mains dans les siennes. Les portant à ses lèvres, il les embrassa délicatement et attendit un long moment avant de prendre la parole.

— Emily, commença-t-il en plongeant son regard dans celui de la femme qui allait bientôt être officiellement la sienne. Tu sais que je suis un homme pragmatique. Un soldat. Avant de te connaître, je n'étais rien que cela et je pensais que je le resterais pour toujours. Mais dès l'instant où tu es entrée dans ma vie en me demandant si l'appartement était encore disponible, je suis devenu un autre homme. On aurait dit que mon côté romantique et sentimental n'attendait que toi pour se révéler.

« Chaque jour, chaque minute, je pense à toi. Où que tu sois. Quoi que tu fasses. Je me demande si tu vas bien, si tu es en train de sourire, de rire, ou de pleurer… Je déteste chaque seconde qui me prive de ton magnifique sourire et j'ai horreur de travailler loin de toi, car je sais que, dans ces moments-là, tu te fais du souci. Mais il y a une chose dont tu dois être certaine, c'est que je t'aimerai toujours. Chaque jour, lorsque je me réveille à tes côtés, je me demande si ce n'est pas un rêve. Chaque fois que je te vois rire et sourire avec notre fille, je prends conscience de la chance que j'ai. Bien sûr, il y aura des moments difficiles, des moments de colère, de rancœur. Il y aura même des moments où nous serons malades ou blessés, mais sache, au plus profond de toi, que mon cœur t'appartient pour toujours.

« Je ne me détacherai jamais de toi. Jamais. Tu es la seule femme que j'aime et que j'aimerai. Jamais je ne trahirai la confiance que tu as en moi. Je ne parlerai jamais de toi en mal. Je ne te reprocherai jamais quoi que ce soit à l'avenir. Et si la vie, un jour, m'éloigne de vous deux, poursuivit-il en ignorant les larmes qui s'étaient mises à couler sur les joues d'Emily, sache que j'aurais fait tout ce qui était en mon pouvoir pour rester auprès de toi et d'Annie ; pour revenir auprès de vous. Sache aussi que, en devenant ma femme aujourd'hui, tu gagnes sept protecteurs, ajouta-t-il en désignant ses coéquipiers de la Delta Force ainsi que Fish, sans jamais détacher son regard du sien. Ils seront prêts à tout pour toi et notre fille, et les autres enfants que nous aurons, afin de vous donner tout ce dont vous aurez besoin. En m'épousant, tu intègres une grande famille. Tu as désormais une mère et un père, sept frères, et sept oncles pour Annie. Je t'aime, Miracle Emily Grant. Plus que je n'aurais jamais pu l'imaginer. »

Fletch aurait pu continuer ainsi pendant longtemps, mais il se tut. Sa voix s'était brisée lorsqu'il avait prononcé ces derniers mots. Les larmes coulaient toujours sur les joues d'Emily qui, n'y tenant plus, se blottit contre lui. Fletch l'entoura alors de ses bras, une main au bas de son dos et l'autre sur les boutons nacrés qui descendaient le long de sa colonne vertébrale.

De plus en plus émue, Emily passa à son tour ses bras autour de Fletch et le serra contre son cœur.

Le prêtre, ainsi que tous leurs amis, les regardait en silence, leur laissant le temps nécessaire pour se remettre de leurs émotions.

Finalement, après plusieurs minutes, l'officiant toussota. Comme sortie d'un rêve, Emily se détacha de Fletch. Aussitôt, Rayne s'avança et lui tendit un mouchoir avec lequel elle s'essuya les yeux et les joues en prenant soin de ne pas abîmer son maquillage. Elle rendit ensuite le mouchoir à sa demoiselle d'honneur, jeta un rapide coup d'œil au prêtre qui, d'un signe de tête, lui indiqua qu'elle pouvait prendre la parole, et inspira lentement en prenant les mains de Fletch dans les siennes comme elle l'avait fait lorsqu'il avait prononcé ses vœux.

— J'aurais préféré parler en premier, dit-elle avec un léger sourire.

Des rires se firent entendre, puis elle reprit, plus fort :

— Je t'aime, Fletch. Je suis restée seule si longtemps que j'avais même oublié à quel point il était agréable de faire confiance, de pouvoir se reposer sur l'épaule de quelqu'un. Tout cela, c'est grâce à toi. J'avais imaginé attendre qu'Annie grandisse avant de me remettre en couple. Toute ma vie, je n'ai fait confiance à personne d'autre qu'à moi-même. Mais à la seconde où je t'ai vu, j'ai eu confiance en toi. Malgré le malentendu entre nous au début, j'ai gardé confiance. Je suis toujours restée, car j'avais l'intime conviction que tu ne nous ferais jamais de mal. Lorsque nous avons été enlevées, je savais que tu nous retrouverais. Et lorsque tu m'as dit que tu voulais adopter Annie, je t'ai fait confiance, même si nous n'étions pas encore mariés. Quand tu es en mission, loin de nous, c'est encore la confiance qui prévaut : je sais que tu feras toujours tout ce qui est en ton pouvoir pour revenir auprès de moi et de notre fille le plus vite possible. Enfin, je sais que je peux avoir confiance en tes amis qui nous soutiendront toujours, comme si nous étions de leur propre famille. Cormac Fletcher, je te serai fidèle chaque jour de notre vie future. Je t'aimerai envers et contre tout, pour le meilleur et pour le pire.

Elle marqua une pause, regardant un instant Dane Munroe qui se tenait au bout de la rangée des garçons d'honneur.

— Si tu rentres un jour à la maison avec un membre en moins, ou si tu es blessé, je t'aimerai de la même manière.

Elle plongea à nouveau son regard dans le sien.

— En fait, je t'aimerai même *davantage*, car je saurai tout ce que tu auras enduré pour rentrer à la maison. Je t'aime, et sache qu'aujourd'hui, c'est le plus beau jour de ma vie.

Lorsqu'elle eut terminé, Emily se tourna vers Annie et lui tendit la main. La fillette s'approcha de sa mère tandis que Fletch arquait les sourcils. Cela ne faisait pas partie de ce qu'ils avaient prévu.

— C'est aussi le plus beau jour de ma vie, intervint Annie en se blottissant contre sa mère et en regardant Fletch. À part le jour où tu es devenu officiellement mon papa, mais aujourd'hui est un jour presque aussi beau !

Toute l'assemblée se mit à rire, mais Annie n'y prêta pas attention et continua :

— Ma maman est la meilleure des mamans. Mais depuis le jour où on t'a rencontré et où on s'est installées dans l'appartement du garage, elle est encore mieux. Merci de nous aimer. Merci d'avoir bien voulu être mon papa. Et merci de faire de ma maman une honnête femme.

Fletch ne put retenir son sourire. Annie entendait et retenait souvent des expressions farfelues pour les ressortir aux moments les plus inopportuns... Sans prêter attention au rire étouffé du prêtre, il s'agenouilla et prit les mains d'Annie dans les siennes.

— Je jure de toujours vous aimer et de vous respecter, ta mère et toi, petit lutin. Je n'épouse pas seulement ta mère aujourd'hui, je fais officiellement de nous une famille. Tu étais déjà ma fille, Annie Elizabeth Grant Fletcher, mais aujourd'hui, c'est encore plus officiel.

— Cool, fit Annie tout bas.

— Ouais, *cool*, confirma Fletch avant de la prendre dans ses bras et de la serrer contre lui.

— Et maintenant c'est la meilleure partie, déclara Annie à ses parents lorsque Fletch la libéra de son étreinte et se releva pour la laisser partir. Vous allez pouvoir vous embrasser !

Encore une fois, des rires étouffés se firent entendre tandis qu'Annie retournait aux côtés de Rayne. Fletch, les yeux brillants de bonheur, s'approcha alors d'Emily, puis se tourna vers le prêtre pour attendre la suite.

— Je suppose que c'est à moi ! réagit soudain l'homme d'Église. Cormac Fletcher. Miracle Emily Grant. En vertu des pouvoirs qui me sont conférés par l'État du Texas, je vous déclare unis par les liens du mariage. Vous pouvez embrasser la mariée, conclut-il en s'adressant à Fletch.

Sans attendre, ignorant les applaudissements et les sifflets de ses amis, Fletch prit le visage d'Emily entre ses mains. Elle releva légèrement le menton et posa les mains sur les poignets de son mari. Il se sentait plus proche et plus uni à elle que jamais.

— Je t'aime, murmura-t-il avant de déposer ses lèvres sur les siennes.

Le monde cessa alors d'exister et il lui sembla qu'il embrassait sa femme pour la première fois. Aussitôt, Emily s'ouvrit, le laissant prendre sa bouche comme il le souhaitait, dans un baiser profond, langoureux et moite.

Lorsqu'enfin, il se détacha d'elle, il vit qu'elle était aussi excitée que lui : le visage rougi, le regard brillant, Emily passa délicatement la langue sur ses lèvres tout en serrant les poignets de Fletch pour lui communiquer son affection.

— Monsieur et Madame Cormac Fletcher ! lança le prêtre.

À ce moment-là, Fletch et Emily auraient préféré pouvoir assouvir l'envie qu'ils éprouvaient indéniablement l'un envers l'autre, et pourtant ils saisirent l'occasion pour se tourner face aux invités. Aussitôt,

Rayne fourra le bouquet entre les bras d'Emily, et Annie rejoignit Fletch qui lui prit la main sans lâcher la taille de sa femme. Plus unis que jamais, tous trois remontèrent ensemble l'allée jusqu'à la sortie de l'église, fiers d'être enfin officiellement une « famille ».

3

— Fletch, arrête. On ne peut pas. Tout le monde nous attend, dit Emily, sans grande conviction, à celui qui était désormais son mari.

Fletch lui avait souvent donné des baisers magnifiques, certains même dont elle se souvenait encore. Mais celui qu'il lui avait offert juste après qu'ils furent déclarés mari et femme était sans aucun doute le plus beau et resterait gravé dans son esprit aussi longtemps qu'elle serait en vie. C'était un baiser chaud et doux. Elle avait ressenti l'amour la submerger physiquement alors que sa langue s'était mêlée à celle de son mari. S'ils n'avaient pas été exposés au regard de Dieu et de leurs invités, elle l'aurait supplié de la prendre sur-le-champ.

Après avoir salué tout le monde sur le parvis de

l'église et s'être adonnés à la traditionnelle séance de photos, ils étaient enfin seuls. Rayne et Ghost avaient emmené Annie à la maison en leur promettant de l'aider à troquer sa robe contre un jean et un t-shirt. Quant aux autres, ils s'étaient également rendus chez les jeunes mariés, où était organisée la fête et où les traiteurs avaient déjà tout installé.

Il était convenu que le couple arrive en dernier afin de soigner leur entrée.

Ils avaient caché chez Mary les vêtements qu'ils avaient choisi de porter pour la réception. Leur amie avait insisté pour qu'ils ne se changent pas chez eux, comme ils l'avaient initialement envisagé. Après tout, ils ne pouvaient pas être déjà sur place lorsque les invités arriveraient. Elle leur rappela que, selon la tradition, ils devaient être annoncés en tant que « Cormac et Emily Fletcher » et faire une entrée remarquée. Mary leur avait donc ordonné de se changer chez elle avant de se rendre à la réception, une fois que tout le monde serait arrivé.

Apparemment, Fletch avait d'autres objectifs en tête que de faire bonne impression à la soirée. Dès l'instant où ils pénétrèrent dans l'appartement de Mary, ses mains s'aventurèrent sur le corps d'Emily.

— Je suis incapable de résister, dit-il entre deux baisers. Je n'ai qu'une envie, être en toi.

Emily rougit d'excitation. Même s'ils avaient fait l'amour la nuit précédente, elle avait le sentiment de ne jamais se lasser de lui. Elle frissonna lorsque Fletch, dans son dos, embrassa délicatement son cou tout en défaisant un à un les boutons de sa robe. Soupirant de plaisir, elle posa les mains sur ses hanches, derrière elle, tandis que sa jupe s'ouvrait de plus en plus.

Le menton sur son épaule, Fletch enroula un bras autour de la taille d'Emily et la plaqua contre son torse.

— Tu portes un corset ? demanda-t-il d'une voix rauque, les yeux sur les seins de sa femme à présent parfaitement visibles, libérés de la robe qu'elle portait encore quelques secondes auparavant.

— Oui, confirma-t-elle distraitement.

— Merde !

— Tu ne vas pas te laisser abattre par un corset, le taquina-t-elle, faussement insolente, en se retournant face à lui.

Sans un mot, Fletch plaça ses deux mains sur ses épaules et, lentement, fit glisser la belle robe en dentelle blanche le long de ses bras. Le tissu tomba autour de leurs pieds dans un léger bruissement. Cette première étape enfin franchie, Fletch admira le corps de sa femme presque nu. Du regard, il parcourut ses seins délicieusement bombés par le corset, sa taille, sa culotte blanche, le porte-jarretelles qui retenait les bas blancs sur ses jambes avant de remonter jusqu'à sa poitrine.

Emily ne put s'empêcher de sourire. Elle savait pertinemment que Fletch ne l'aimait pas que pour le sexe, mais en cet instant, elle était plus que ravie qu'il ne puisse pas détacher les yeux de son corps. Elle se sentait désirable, ce qui décuplait son excitation.

— Enlève ça, mon chéri, le pressa-t-elle en commençant à déboutonner son uniforme bleu.

Sans quitter des yeux sa poitrine, qui montait et descendait rapidement sous l'effet de sa respiration saccadée, Fletch se délesta de sa veste et de sa cravate, puis défit ses boutons de manchettes et les premiers boutons de sa chemise blanche.

Sans attendre qu'il ait terminé, Emily s'empressa de lui retirer sa ceinture et son pantalon, qui alla rejoindre sa robe autour de leurs pieds. S'approchant un peu plus de lui, elle posa une main sur ses fesses tandis que, de l'autre, elle empoignait son sexe à travers son boxer et l'attirait à elle.

Comme s'il n'avait attendu que ce signal, Fletch entreprit de se frotter contre elle. Collés l'un à l'autre, ils se dévorèrent mutuellement la bouche, inclinant le visage pour optimiser le baiser.

Enfin, Fletch souleva Emily à quelques centimètres au-dessus du sol. Sans cesser de l'embrasser, il libéra ses pieds de ses chaussures et de son pantalon, puis il la conduisit vers le mur le plus proche.

— Enroule tes jambes autour de moi, demanda-t-il lorsqu'elle fut plaquée contre le mur.

Obéissant immédiatement à ses ordres, Emily serra les cuisses autour de ses hanches. Son désir pour lui était brûlant. Elle avait envie de lui autant que l'air qu'elle respirait et elle sentait déjà sa culotte trempée d'excitation.

Fletch la hissa plus haut afin que sa poitrine soit au niveau de son visage, et d'une main, la libéra des bonnets du corset. En regardant ses seins ainsi exposés, si puissamment offerts au regard de Fletch, Emily eut le sentiment d'être un peu obscène... Ses mamelons étaient durs, et ses seins blancs et crémeux rehaussés par le corset. Avant qu'elle ait le temps de ressentir une quelconque gêne, Fletch recouvrit l'un avec sa bouche et l'autre avec sa main.

Rejetant la tête en arrière contre le mur, Emily inspira longuement et agrippa la nuque de Fletch. Elle l'attira afin de l'encourager à sucer son téton encore plus fort.

— Fletch, s'il te plaît, gémit-elle en sentant ses cuisses humides de désir, son corps appuyé contre son sexe en érection.

— S'il te plaît quoi ? demanda-t-il, relevant la tête vers elle.

— Baise-moi, maintenant ! J'ai tellement besoin de te sentir en moi...

— Accroche-toi, lui demanda-t-il en plaquant ses omoplates contre le mur.

Emily s'exécuta. Elle referma ses deux bras autour de ses épaules et serra sa nuque de sorte que son visage soit tout près du sien. Pour la première fois depuis qu'il lui avait retiré sa robe, leurs regards se croisèrent. Les yeux de Fletch brillaient d'une chaleur et d'un amour tels qu'elle eut encore plus envie de lui et resserra ses jambes autour de ses hanches. Elle sentit alors sa main entre ses cuisses. Il retira son boxer, libérant sa queue, avant d'écarter sa culotte et de glisser un doigt en elle.

Pantelante, elle se retint de fermer les yeux. Son regard toujours plongé dans le sien, elle sentit que Fletch ajoutait un deuxième doigt. Elle savait qu'il voulait la prendre sans douleur et qu'il tenait à la mettre à l'aise. Les tatouages sur son bras ondulaient dans une danse virile alors que sa main allait et venait dans son intimité.

— Tu es tellement mouillée, observa-t-il dans un souffle.

— Parce que j'ai très envie que tu me baises, répondit Emily d'une voix rauque et impatiente.

À ces mots, elle sentit ses doigts se retirer et son gland se présenter contre sa vulve.

— Ma femme... murmura-t-il alors qu'il s'apprêtait à entrer en elle.

C'était la première fois qu'ils faisaient l'amour en tant que mari et femme.

Fletch avait mis un tel respect en prononçant ces mots qu'Emily en eut les larmes aux yeux. Trop émue pour dire quoi que ce soit, elle se contenta de le regarder et d'acquiescer avec tout l'amour qu'elle ressentait pour lui.

Alors, il la pénétra. D'abord doucement, puis de plus en plus vigoureusement, avec ferveur. Ils n'avaient pas pris le temps de se dévêtir entièrement. Emily portait encore ses chaussures à talons, et l'élastique de sa culotte creusait un sillon dans sa peau à chaque assaut de Fletch. Mais elle ne ressentait rien d'autre que l'amour intense de son mari qui la regardait tendrement tout en la pilonnant avec force.

Comme d'habitude, Emily fut la première à jouir. Elle ferma les paupières et bascula la tête en arrière sous l'effet de l'orgasme, les muscles contractés autour de la queue de Fletch qui continuait d'aller et venir en elle. Elle les rouvrit juste à temps pour voir le plaisir le submerger : il banda tous ses muscles, ferma les yeux et lui agrippa si fortement ses fesses qu'elle sut déjà qu'elle en garderait des hématomes pendant plusieurs jours. La retenant fermement contre lui, il frémit et tout son corps fut traversé de spasmes alors qu'il éjaculait.

— Putain, c'est trop bon, lui dit-il en souriant lorsqu'il rouvrit les yeux.

Emily partit d'un rire joyeux et se pencha en avant pour l'embrasser doucement.

— C'est vrai. J'ai adoré, moi aussi. Mais maintenant, nous devons *vraiment* y aller. Tout le monde nous attend.

— Vas-tu dire à Mary que nous avons fait l'amour pour la première fois en tant que mari et femme dans le couloir de son appartement ?

— Non ! rétorqua-t-elle aussitôt, les yeux écarquillés.

— Comme tu veux. Je pense qu'elle finira par le savoir, de toute façon, lui dit-il en riant et en haussant les épaules.

Emily frappa le haut de son bras avec un air faussement courroucé, consciente qu'elle ne lui faisait pas mal.

— Arrête de dire des bêtises ! Et laisse-moi descendre pour que je puisse me changer.

À contrecœur, Fletch se dégagea de son corps et la laissa glisser le long du mur jusqu'à ce que ses pieds touchent le sol.

— D'accord, mais garde tout ça, dit-il en massant délicatement l'entrejambe d'Emily.

— *Tout ça*, quoi ? fit-elle, distraite par la douceur de ses caresses.

Il n'essayait pas de l'exciter à nouveau, n'enfonçait pas ses doigts. Il voulait seulement sentir la douceur de sa chair nue sous sa culotte.

— Le corset. La culotte, le porte-jarretelles... Tout. C'est vraiment sexy et je veux en profiter ce soir, te les retirer un à un, m'assurer que ma femme sache à quel point ses efforts ont été appréciés.

— Je pense qu'elle le sait, répondit Emily en riant, sentant la chaleur de son sperme le long de sa peau.

La main de Fletch se mêlait aux fluides de leurs plaisirs combinés. Il aimait sentir la preuve de leur amour au bout de ses doigts. Au début, cela la dégoûtait, mais elle s'y était habituée. Ce qu'elle aimait moins, en revanche, c'était sentir son sperme couler le long de ses cuisses après avoir fait l'amour. « Moi, je dirais plutôt que tu as de la chance. J'aimerais pouvoir te sentir encore sur moi des heures après l'amour », lui disait-il quand elle l'évoquait.

C'était pour cela qu'il aimait caresser doucement son sexe après leurs ébats et sentir sur ses doigts le mélange de son sperme et de ses sécrétions. D'ailleurs, lorsqu'ils étaient au lit, Emily avait perdu le réflexe d'aller se laver juste après. Désormais, elle s'endormait avec la main de Fletch posée tendrement sur elle.

— Va te rincer, lui proposa Fletch à contrecœur en retirant sa main. Je sais que tu n'as pas envie de te sentir poisseuse pendant la réception.

En se dirigeant vers la salle de bain, elle attrapa le sac de vêtements qu'elle avait laissé dans le couloir ce matin-là avant de se rendre au salon de beauté. Elle était étonnée du désordre que Fletch et elle avaient réussi à semer en seulement quelques minutes. Sa robe de mariée, ses chaussures, un pantalon et une veste d'uniforme étaient éparpillés dans l'entrée. Elle ne put s'empêcher de sourire en pensant à la réaction de Mary ; Emily savait que son amie se ficherait qu'ils aient couché ensemble dans son appartement. Elle devait même probablement s'y attendre.

Alors qu'elle était en train de se préparer dans la salle de bain, Emily prit soudain conscience que Fletch lui avait fait l'amour sans même quitter son boxer et ses chaussettes. Elle se dit qu'elle avait beaucoup de chance d'avoir un homme tellement amoureux d'elle qu'il était incapable d'attendre d'être nu avant de la posséder...

Une heure plus tard, Emily plaisantait en buvant un cocktail avec Rayne et Harley. Elle ne savait pas vraiment ce que c'était, mais le barman qu'ils avaient engagé pour la réception avait reçu l'ordre de préparer des boissons légèrement alcoolisées pour les femmes et de faire couler la bière à flots pour les hommes. Jusqu'à présent, il faisait un excellent travail, allant même jusqu'à préparer pour Annie et Akilah les versions sans alcool des cocktails qu'il servait aux adultes.

Les yeux d'Emily vagabondaient dans le jardin. Elle ne pouvait s'empêcher de sourire en observant tous leurs amis réunis pour eux. Les hommes et les femmes qui peuplaient sa vie et celle de son mari la fascinaient. La cérémonie avait été parfaite, mais la réception l'était tout autant.

Fletch avait engagé une entreprise d'engazonnement afin de recouvrir le jardin d'une pelouse parfaite, le rendant à la fois présentable et confortable. Une fois le tapis herbeux installé, ils avaient ajouté un immense brasero entouré de quelques bancs et avaient rattaché une tente au porche de la maison. Le résultat était à la fois somptueux et soigné... un cadre idéal pour la réception de leur mariage ainsi que pour les nombreux barbecues qu'ils aimaient organiser.

La plupart des invités portaient des jeans ou des pantalons en toile, avec un t-shirt ou un polo. Emily avait opté pour un pantalon noir et un chemisier violet à manches longues en soie – chaque fois que Fletch posait les mains sur elle, la soie caressait sensuellement sa peau.

L'ambiance était décontractée et tout le monde riait en bavardant gaiement. Emily jeta un coup d'œil en direction de Fletch. Il la regardait et lui sourit quand leurs yeux se croisèrent. Relevant légèrement son menton, elle fit glisser ses doigts le long de son décolleté pour le taquiner. Fletch plissa alors les yeux d'un air malicieux et Emily éclata de rire.

— Tu vas arrêter de taquiner ce pauvre homme ? fit Rayne sur un ton faussement réprobateur.

— Mais c'est tellement amusant, répondit Emily, arrachant ses yeux de Fletch avec difficulté.

— Qui sont les hommes à qui il parle, déjà ? s'enquit Harley.

— Les membres des Forces Spéciales, dit alors une voix féminine.

C'était Penelope, la femme pompier venue de San Antonio.

— Ce sont eux qui m'ont sauvé la vie en Turquie, leur apprit-elle.

— Ah, répondit Harley en hochant la tête.

— Je m'appelle Penelope, précisa-t-elle à Emily et Harley. Nous ne nous sommes pas encore rencontrées.

Elle serra la main des deux femmes.

— Je suis ravie de te connaître enfin, lui dit Emily. Fletch et les autres m'ont beaucoup parlé de toi.

La femme sourit en ouvrant de grands yeux, feignant la crainte.

— Ils n'ont dit que du bien, promis ! la rassura Emily en riant.

— Les Forces Spéciales ont également fait équipe avec nos gars de la Delta pour l'opération en

Égypte, déclara Rayne une fois que les présentations furent faites. Je me souviens vaguement de leur présence, le jour où j'ai été sauvée, mais honnêtement, c'est un peu flou. Comment ça va ?

Elle la connaissait déjà, car elle avait eu l'occasion d'échanger avec elle sur leur expérience commune, toutes deux ayant été kidnappées.

— On ne peut mieux, répondit la femme menue.

— Qui est ce magnifique pompier qui ne t'a presque pas quittée de la journée ? lui demanda Emily avec un sourire complice.

Penelope regarda autour d'elle et aperçut Tucker Jacobs, surnommé Moose, à l'autre bout du jardin. Il était en train de parler avec TJ et semblait parfaitement détendu. S'il portait encore le pantalon noir qu'il avait à la cérémonie, il avait remplacé sa chemise par un t-shirt bleu marine au logo de la caserne à laquelle il appartenait.

— Ce n'est pas ce que vous croyez, protesta Penelope avec un sourire gêné.

— Mais *bien sûr*, railla Rayne. Tout comme ce n'est pas ce que nous croyons entre Mary et Truck... n'est-ce pas ? lança-t-elle en désignant le couple assis juste à côté d'elles, qui semblait engagé dans une conversation sérieuse.

— Bien que je sois militaire et pompier depuis

toujours, Moose pense que je suis fragile et que j'ai besoin d'être protégée, se défendit Penelope en haussant les épaules, toujours en souriant.

— Selon moi, il ne te trouve pas fragile, observa Harley d'un ton grave. Je ne vous connais pas, tous les deux, mais d'un point de vue extérieur, il semble rester à tes côtés *au cas où* tu aurais besoin de lui. J'ai l'impression qu'il veille sur toi de loin, tout en te laissant vivre ta vie. Si moi je peux voir que tu te bats avec des démons intérieurs, je suis certaine que lui aussi s'en rend compte.

Le silence retomba quelques secondes parmi le petit groupe.

— Je ne suis pas faible, dit finalement Penelope, mais je dois admettre qu'il y a des moments où mes démons m'accablent. Dans ces moments-là, Moose est souvent présent et je reconnais qu'il est... utile, conclut-elle en baissant les yeux sur son verre.

Les autres femmes acquiescèrent, sachant exactement de quoi Penelope parlait. Elles étaient toutes passées par là.

— Merci d'être venue, lui dit Emily en posant une main sur son bras. Rayne m'a souvent parlé de toi et c'est un plaisir de te rencontrer enfin en personne.

— Ton mari est un homme merveilleux, lui dit

Penelope. Je ne pourrai jamais assez les remercier, lui et ses coéquipiers.

— Aucun d'entre eux ne s'attend à ce que tu les remercies, intervint Rayne d'un ton neutre.

— Je sais, mais j'aime rappeler à quel point je leur suis reconnaissante.

Les autres femmes du groupe hochèrent la tête. Toutes savaient ce qu'elles devaient aux Delta. Elles leur seraient redevables pour toujours.

— Qu'a dit le docteur ?

— Rien de nouveau, répondit Mary en haussant les épaules sans le regarder dans les yeux.

— Qu'est-ce que cela signifie ? insista Truck en posant sa grande paume sur le genou de Mary.

Elle se décida à tourner le regard vers lui en faisant de son mieux pour ne pas pleurer. C'était le mariage d'Emily et elle ne voulait pas gâcher la fête en éclatant en sanglots.

— Je dois encore faire des examens complémentaires, mais il est presque certain que le cancer est réapparu.

— Il faut que tu le dises à Rayne, lui conseilla-t-il doucement.

— Je ne veux pas, protesta Mary. Je ne *peux* pas. Je ne peux pas lui faire ça.

— Pourquoi ? C'est ta meilleure amie. Elle ferait n'importe quoi pour toi.

— Je sais qu'elle le ferait, mais c'est moi qui ne veux pas. Lorsque j'étais malade la première fois, elle a été plus affectée que moi. Elle avait tellement peur qu'elle est restée à mes côtés en permanence. Elle s'absentait du travail alors qu'elle n'en avait pas le temps, juste pour m'accompagner à tous mes rendez-vous. Je me suis trop reposée sur elle et je ne veux plus être un poids désormais, le genre d'amie qui reçoit plus qu'elle ne donne.

— Tu es la femme la plus généreuse que je connaisse, dit Truck avec tendresse.

— Ce n'est pas vrai, répondit tristement Mary. Regarde comme je suis toujours méchante avec toi.

— Ne t'inquiète pas pour moi. Je suis suffisamment costaud pour encaisser. Et pour tout te dire, je trouve cela assez rafraîchissant que, pour une fois, quelqu'un ne soit pas impressionné par mon apparence ni par ma taille.

Mary regarda de l'autre côté de la pelouse où

Rayne était en train de parler avec Emily, Harley et Penelope.

— Je n'ai pas peur de toi, Truck. J'en ai vu d'autres. Mais je ne veux pas être une garce.

— Est-ce que je peux être honnête ? demanda-t-il en prenant son menton du bout des doigts, orientant son visage vers le sien.

Mary plongea son regard dans celui de Truck. Il était grand et beau. Elle adorait sentir le contact de sa peau sur la sienne. Chaque fois qu'il la touchait, elle était comme électrisée. Elle désirait cet homme plus qu'elle n'avait jamais désiré aucun homme auparavant, mais elle n'avait pas le droit d'être avec lui. Elle ne savait même pas si elle serait encore en vie dans un an, comment pouvait-elle commencer une histoire ? Ce serait injuste.

— Bien sûr. Je veux que tu sois toujours honnête avec moi.

— Ça m'excite, lui avoua-t-il de but en blanc.

— Qu'est-ce qui t'excite ?

— Que tu sois garce. Que tu m'appelles le « camionneur » en te moquant de moi... Ça m'excite.

— Tu plaisantes ? rétorqua Mary en plissant les yeux. C'est dingue !

Truck lâcha son visage et prit une gorgée de bière.

— Regarde-moi, Mary, finit-il par dire en désignant son visage.

— Et alors ?

— Je suis hideux !

— Ce n'est pas vrai ! s'exclama-t-elle, agacée.

— Je me regarde dans un miroir, tu sais, ma belle. Je sais à quoi je ressemble. Ma cicatrice, par exemple, est affreuse, dit-il en passant le doigt sur la balafre rouge vif qui recouvrait sa joue, depuis le coin de son œil jusqu'à la commissure de ses lèvres, lui donnant un air constamment renfrogné. Depuis l'accident, tu es la seule femme à ne pas accorder d'importance à ma cicatrice. Enfin... avec Annie. La première fois qu'elle m'a rencontré, elle a posé sa petite main sur mon visage et m'a demandé si ça me faisait mal. Je ferais n'importe quoi pour cette gamine. En tout cas, la première fois que tu m'as vu, tu m'as parlé comme si j'étais normal. C'était si rare que j'en ai eu une érection monumentale. J'étais tellement dur que j'ai eu peur que tu t'en aperçoives... Mais non, tu n'as rien vu. Tu as simplement continué à me parler normalement, en me disant que tu étais inquiète pour Rayne. C'était génial !

Mary ne put s'empêcher de le dévisager. D'un point de vue objectif, sa cicatrice était laide et semblait douloureuse. Mais une fois passé le choc initial, elle avait cessé de la remarquer. En travaillant dans des hôpitaux, elle avait vu tellement de cancéreux, de grands brûlés et autres personnes défigurées que la cicatrice de Truck ne lui semblait pas grand-chose, en définitive. Ces derniers mois, c'était toujours vers lui qu'elle s'était tournée lorsqu'elle avait besoin de soutien. Bien sûr, Rayne était sa meilleure amie et le serait toujours, mais elle avait Ghost désormais. Mary ne pouvait pas, et ne *voulait* pas, lui gâcher sa vie avec des rendez-vous médicaux et la crainte de voir le cancer réapparaître.

D'ailleurs, elle ne voulait gâcher la vie de personne, mais Truck n'en tenait pas compte. Il faisait ce qu'il voulait, quoi qu'elle puisse dire. Au début, cela l'avait contrariée, mais dernièrement, elle s'était habituée à sa présence, même lorsqu'elle lui disait qu'elle n'avait pas besoin de son aide. Petit à petit, elle s'était mise à se reposer sur lui, tout comme elle s'était reposée sur Rayne auparavant.

— Ce qui m'intéresse, c'est ce que tu es à l'intérieur, finit-elle par lui répondre. Quand je te regarde, je ne vois pas ta cicatrice.

— Je sais, et ça signifie énormément pour moi. Quand est ton prochain rendez-vous ?

Mary cligna des yeux, surprise par ce brusque changement de sujet. Elle s'était attendue à ce qu'il lui demande ce qu'elle avait vu en lui, ou du moins, à ce qu'il la pousse à avouer qu'il lui plaisait.

— La semaine prochaine, répondit-elle. Mais je ne suis pas certaine d'y aller.

— Comment ça ? demanda Truck, consterné. Tu *dois* y aller !

— Mon assurance ne prendra plus en charge mes traitements contre le cancer, soupira Mary. Mon entreprise a modifié nos contrats et il semblerait que ce type de traitements ne soit plus couvert. Je n'ai pas bien compris, enfin, quelque chose comme ça... Mais ce n'est pas grave. Je suis lasse, Truck. Lasse de me battre.

— Tu n'as pas le droit d'abandonner ! lui lança-t-il, le regard noir.

— Je n'ai pas les moyens, répondit-elle en toute franchise. Le simple fait de penser au moyen de payer la chimiothérapie et les rayons alors que je n'ai pas d'assurance, ça me fatigue.

— Je vais trouver une solution, la rassura-t-il immédiatement.

— Truck, tu ne peux pas...

— Je refuse que tu baisses les bras, l'interrompit-il. Tu vas recevoir ce traitement et tu vas te battre, encore une fois. Compris ?

Il lui parlait avec une telle conviction que, sans la toucher, il était entré dans son espace vital.

— D'accord, acquiesça-t-elle.

Comment aurait-elle pu lui répondre autrement alors qu'il semblait plus déterminé qu'elle ?

— Je t'accompagne à ton prochain rendez-vous, déclara-t-il en reculant sur son siège de sorte que Mary puisse retrouver une certaine liberté de mouvement.

— Non...

— Si ! répondit-il du tac au tac. Quoi qu'il se passe, je serai à tes côtés.

— Truck, tu ne peux pas...

— Je peux, l'interrompit-il. Et je le ferai.

Mary le foudroya du regard. Si elle se laissait aider par Truck, comme Rayne l'avait aidée la dernière fois qu'elle avait été malade, elle risquait de s'attacher à lui encore davantage. Or la dernière chose qu'elle voulait, c'était de tomber amoureuse. Elle détestait l'idée de réaliser son plus grand rêve, celui d'être aimée, pour finalement mourir et ne pas en profiter.

Elle fit alors ce qu'elle avait toujours fait. Elle se transforma en garce... uniquement pour que Truck s'imagine qu'elle n'en valait pas la peine. Elle devait se protéger.

— J'ai dit non, Truck ! Je n'ai pas besoin qu'on me tienne la main comme si j'étais un bébé ! lança-t-elle en posant violemment son verre sur la table à côté d'elle. Comme si j'avais besoin d'un monstre comme toi à mes côtés. Tu ferais peur à tout le monde.

Au lieu de s'énerver comme elle le souhaitait, Truck se contenta de sourire.

— Parfait. Parce que tu es à moi, rétorqua-t-il. Si quelqu'un ose t'approcher, il aura affaire à moi...

Effrayée par le plaisir qu'elle ressentit en l'entendant parler ainsi, et par son envie de le savoir à ses côtés en cas de rechute grave, Mary dut produire un effort pour avoir l'air exaspérée. Elle sentait qu'elle se fourrait dans un sacré pétrin...

De l'autre côté du jardin, Akilah tenait sa petite sœur, Alam, dans les bras pendant que leurs parents se déhanchaient sur la piste de danse installée au centre de la pelouse.

Née en Irak, elle avait été adoptée par Tex et Melody alors qu'elle n'avait nulle part où aller.

Depuis, sa vie était devenue merveilleuse, aux antipodes de ce qu'elle avait vécu dans son pays en guerre.

Bien sûr, ses parents lui manquaient toujours – ils avaient été tués dans l'explosion causée par les talibans durant laquelle elle avait perdu son bras –, mais aux États-Unis, tout était plus grand, plus solide et cent fois plus paisible qu'en Irak. Elle pouvait aller à l'école librement, porter ce qu'elle voulait, écrire ce qui lui passait par la tête et même aller où bon lui semblait. Elle ne s'était jamais sentie aussi libre. C'était très différent de sa vie en Irak avec ses parents. Certes, elle ressentait toujours un manque, mais elle était heureuse.

Et puis, Tex et Melody se comportaient davantage comme des amis que comme des parents, l'encourageant à explorer et à apprendre. Étonnamment, ils la laissèrent même choisir le prénom de leur fille, sa demi-sœur. Akilah avait décidé qu'elle s'appellerait Alam, « espoir » en arabe.

— Je peux m'asseoir ici ? lui demanda une voix grave.

Akilah leva les yeux vers Fish. Il avait les traits tirés et fatigués. Elle acquiesça aussitôt. Elle l'avait aperçu plus tôt, lors de la cérémonie, et avait immédiatement été intriguée par cet homme... et sa prothèse. Elle avait déjà vu des personnes avec des prothèses dans les hôpitaux, mais aucune qui n'ait l'air aussi maussade que Fish.

Il se laissa tomber sur la chaise à côté d'elle et but une longue gorgée de bière sans dire un mot. Akilah avait envie de lui parler, mais elle n'osait pas à cause de son anglais hésitant. Elle s'améliorait beaucoup, mais parfois, les gens avaient encore du mal à la comprendre – en raison de son accent, mais aussi parce que, de temps en temps, elle confondait les mots.

Curieuse d'en apprendre davantage sur lui, elle se jeta à l'eau.

— Tu as nouveau bras mais tu n'aimes pas, lui dit-elle sans ménagement.

Fish tourna la tête et la fixa pendant un long moment.

— Je déteste ma prothèse, finit-il par dire en haussant les épaules.

— Pourquoi pas une vraie main ? demanda Akilah en touchant les crochets qui lui faisaient office de doigts.

— Pourquoi n'ai-je pas l'un de ces engins fantaisistes qui me feraient paraître presque normal pour que les gens cessent de me regarder avec dégoût ? reformula-t-il.

Akilah ne comprit pas tout ce qu'il venait de dire, mais suffisamment pour acquiescer.

Fish soupira et passa sa main valide dans ses cheveux en regardant la pelouse d'un air pensif. Après quelques secondes, il se tourna vers Akilah et aperçut sa main artificielle sous les jambes du bébé qu'elle portait dans ses bras.

— Je suis fatigué, Akilah, lui dit-il doucement. Fatigué de la douleur. Fatigué de sentir la pitié dans le regard des gens. Fatigué de penser à mes amis décédés en me demandant pourquoi je ne suis pas mort en même temps qu'eux ce jour-là...

— Mes parents sont morts devant moi, lui dit la jeune fille. Certains de mes amis blessés. D'autres violés. Je me sentais comme toi. J'avais peur quand je suis arrivée aux États-Unis. Je ne pouvais pas parler, pas comprendre. Mais Tex et Melody m'ont adoptée et ils m'aiment. Ils ne pensent pas à mon bras. Tu trouveras cela toi aussi.

Fish plongea son regard triste et désespéré dans le sien.

— Un jour, tu iras là où la terre nourrit ton...

Elle s'interrompit, cherchant le mot juste.

— ... ton intérieur. Quand ton intérieur sera calme, tu trouveras une femme. Une femme qui ne verra pas qu'il manque un bras...

Elle baissa les yeux sur sa prothèse, puis le fixa à nouveau du regard.

— Mais elle te verra, *toi*, conclut-elle.

— Les montagnes me manquent, déclara Fish, évitant le sujet de l'amour. Les arbres aussi. Je n'aime plus la compagnie des autres. Même ici aujourd'hui, c'est difficile.

— Alors pars, lui répondit simplement Akilah en haussant les épaules. Quand ton bras ne fera plus mal, quand tu seras mieux, va vers les montagnes et les arbres et tu guériras.

Posant doucement sa main sur la nuque d'Akilah, Dane Munroe l'attira à lui en prenant soin de ne pas réveiller le bébé. Il l'embrassa sur le front.

— Merci, lui dit-il en la regardant droit dans les yeux avec une émotion toute nouvelle.

— De rien, répondit Akilah doucement, ravie de voir que le désespoir avait disparu sur le visage de Fish et que la douleur s'était atténuée dans son regard.

Wolf, Abe, Cookie, Mozart, Dude et Benny étaient en train de parler, assis en cercle.

— Les gars, vous avez appris ce qui était arrivé à l'équipe des Forces Spéciales que nous avons rencontrée en Turquie, quand on était à la recherche de Tiger ? demanda Wolf en sirotant sa bière.

— Non, que leur arrive-t-il ? demanda Cookie.

— Apparemment, ils sont réaffectés à San Diego.

— Tu plaisantes ? s'exclama Abe, incrédule.

— Je vous jure ! confirma Wolf.

— Tous ? s'enquit Benny.

Wolf acquiesça.

— Tous sauf Ho Chi Minh. Il a été blessé en mission et il a dû prendre une retraite anticipée. Il a épousé sa copine et j'ai entendu dire qu'ils étaient allés vivre à Belize.

— Putain, c'est pas de bol ! lâcha Dude. Qu'il ait été blessé, je veux dire, pas qu'il se soit marié et qu'il vive au paradis.

Tous sourirent en silence en pensant à leurs propres familles.

— Rocco, Gumby, Ace, Bubba, Rex et le nouveau gars, Phantom, vont à Riverton la semaine prochaine pour rencontrer le commandant Hurt. Ils ont accepté la mutation à condition de rester ensemble. Nous n'irons probablement plus en mission avec eux, mais il faut avouer qu'ils ont été super quand nous avons collaboré en Turquie. Nous pourrions peut-être organiser quelque chose avant leur départ ? suggéra Wolf au reste du groupe.

— Bonne idée ! répondit Abe.

— Ouais, lancèrent Benny et Mozart en même temps.

— Je suis d'accord, renchérit à son tour Cookie.

— Moi aussi, intervint Dude après que les autres eurent parlé. C'est toujours bien d'entretenir des liens avec des gars qui peuvent potentiellement prendre soin de nos familles quand nous sommes en mission. Et bien sûr, nous ferons pareil pour eux s'ils sont mariés.

— D'après ce que j'ai compris, ils sont tous céli-bataires... et ils ont juré de le rester, leur apprit Wolf avec un sourire .

— Sage décision ! lança Benny. Je sais de quoi je parle. Je me le suis souvent promis à moi-même quand vous avez tous commencé à vous marier les uns après les autres.

Les autres rirent en chœur. C'était vrai. Les femmes n'avaient jamais eu beaucoup d'importance à leurs yeux avant que chacun ne trouve celle qu'il avait jugé digne d'épouser.

— Regarde Fletch, Ghost et Coach, dit Mozart.

Ils disaient tous comme toi avant de rencontrer leur perle rare et de changer d'avis.

Tous les gars de l'équipe acquiescèrent en silence, conscients de ce que ressentaient leurs amis de la Delta Force.

— Vous avez déjà pensé à prendre votre retraite ? demanda Cookie à l'improviste.

Sans répondre, ses coéquipiers le fixèrent du regard d'un air interrogateur, comme s'il venait de dire une énormité.

— Non, je ne veux pas dire tout de suite, précisa Cookie. Mais il faut voir les choses en face. Benny, tu continues à faire toujours plus de mômes ; un jour ou l'autre, Jessyka ne pourra plus se contenter d'une simple nounou temporaire pour l'aider. Quant à toi, Abe, tu n'arrêtes pas avec tes deux filles, et maintenant Tommy. Je parie qu'avec son grand cœur, Alabama n'a pas fini de prendre des enfants en famille d'accueil. Et même si Fiona semble avoir oublié ce qui lui est arrivé, je ne peux pas m'empêcher de m'inquiéter pour elle chaque fois que je quitte la maison. Je n'arrive pas à m'enlever de la tête cette fois-là, quand elle a fait sa crise d'angoisse alors que nous étions encore dans un foutu pays étranger. Je ne pouvais pas être là pour elle. Je ne supporte pas l'idée que quelque chose nous arrive, comme à l'équipe de Fish, et que nous laissions nos familles derrière nous.

Tout le monde se tut, horrifié à l'idée de mourir en mission, surtout depuis ce qui était arrivé à l'équipe de Fish. Ce dernier s'en était sorti, mais il avait du mal à se remettre de la mort de ses coéquipiers ; il culpabilisait de ne pas les avoir davantage protégés. Il avait assisté aux funérailles de chacun d'entre eux, affrontant les regards accusateurs et endeuillés que les proches lui avaient lancés.

— En fait, j'ai eu cette conversation avec Caroline l'autre jour, admit Wolf à mi-voix avant de s'interrompre.

Tous le regardèrent en silence, attendant qu'il continue.

— Tex m'avait appelé pour me raconter ce qui était arrivé à Fish, reprit-il. J'ai décidé de venir ici, au Texas, pour le voir et lui dire que des gens tenaient à lui. Quand je suis rentré en Californie, Ice a soulevé la question. Je crois qu'elle a vu que je n'allais pas très bien et elle m'a demandé pourquoi. Je lui ai raconté la situation de Fish et elle m'a demandé si je pensais prendre ma retraite un jour. À ce moment-là, la simple pensée de quitter l'armée m'a horrifié, mais tu as raison, Cookie. Je pense que je passerai bientôt du côté des instructeurs plutôt que des soldats envoyés en mission.

— Tu crois que le commandant nous laissera partir ? demanda Abe.

— Je ne vois pas pourquoi il refuserait, répondit Wolf en haussant les épaules. C'est vrai, regarde l'équipe de Rocco. Il y aura *toujours* des équipes prêtes à prendre notre place. Nous ne rajeunissons pas. Et si nous pouvons aider les jeunes à savoir ce qui les attend exactement sur le terrain, nous continuerons d'aider notre pays, tout en étant à la maison avec nos familles, chaque soir.

Ils semblaient tous d'accord avec ce raisonnement.

— Je ne dis pas que je suis prêt à arrêter aujourd'hui, intervint Dude. Mais je trouve l'idée d'être à la maison avec Shy tous les soirs assez séduisante.

Les autres ricanèrent, parfaitement conscients des préférences et des appétits sexuels de Dude.

Tout à coup, plusieurs amies d'Emily, ses collègues du magasin de l'armée, éclatèrent de rire non loin de là et les militaires tournèrent la tête dans leur direction, interrompant leurs réflexions.

— J'ai une idée, reprit Wolf en regardant dans les yeux ses coéquipiers qu'il considérait comme des frères. Chacun y réfléchit de son côté, et quand nous aurons décidé ensemble de raccrocher, j'en parlerai au commandant pour lui laisser le temps d'y penser. Une chose est sûre, nous devons tous être d'accord, sinon ça ne marchera pas. Nous prenons tous notre retraite, ou bien aucun de nous ne le fait. Ça marche ?

— Je suis d'accord ! lança Cookie. Je *pourrais*, mais je ne *veux* pas travailler avec une autre équipe. Je n'ai confiance qu'en vous, les gars. Si l'un de nous s'en va, les autres doivent le suivre. D'accord ?

— D'accord, lui répondit un concert de voix en parfaite harmonie.

* * *

Penelope regarda Tex embrasser sa femme à la fin d'une chanson avant de se diriger vers elle. Elle retint son souffle. Elle n'avait jamais rencontré le fameux Tex, mais elle avait attendu ce moment depuis longtemps. Elle lui devait une fière chandelle, car c'était lui qui avait coordonné l'opération qui lui avait permis de s'échapper de Turquie.

— Salut, Tiger... Je peux te parler un instant ? demanda Tex avec son accent typique du sud.

— Nous en avons fini avec elle, ricana Rayne. Elle est tout à toi.

Penelope regarda son amie en levant les yeux au ciel, puis elle suivit Tex vers l'un des bancs disposés autour de la pelouse.

Les lampions blancs suspendus aux arbres scintillaient et elle sourit en observant l'assistance qui semblait heureuse et insouciante. La réception était parfaite. Simple, festive et décontractée. C'était tout à fait ce dont les invités avaient besoin ; cela les changeait de la foule dans laquelle ils évoluaient tous la plupart du temps.

Penelope fut la première à prendre place sur le banc.

— Merci, Tex, lui dit-elle dès qu'il fut assis à côté d'elle. Je n'ai jamais vraiment eu l'occasion de te le dire en personne. Mais du fond du cœur, merci !

— Tu n'as pas à me remercier.

— Je savais que tu répondrais ça, rétorqua Penelope en riant. Mais j'y tiens vraiment.

— Alors de rien, capitula-t-il avec un sourire. Maintenant que c'est fait... comment vas-tu ?

— Très bien.

Tex la regarda attentivement d'un air dubitatif.

— Non, Tiger. Je veux dire : *Comment vas-tu* ?

Elle soupira et prit machinalement entre ses doigts la croix maltaise qu'elle portait toujours autour du cou depuis que Wolf la lui avait glissée dans la poche aux funérailles de l'un des pilotes décédés lors de l'opération destinée à la faire sortir de Turquie.

— Je vais bien, je t'assure, dit-elle en souriant.

Tex la regarda en plissant des yeux.

— D'accord, certains jours sont meilleurs que d'autres, admit-elle. Mais ça va.

— Tu vois toujours le psychologue de la base, ici à Fort Hood ?

Penelope aurait dû s'étonner que Tex soit au courant, mais c'était prévisible.

— Oui, quand j'ai le temps.

— Prends le temps, Tiger, c'est important, répondit Tex. Il n'y a aucun mal à parler à quelqu'un de ce que tu as vécu. Même si je comprends, je ne peux pas t'aider avec ça, ni aucun des membres de la Delta. On peut compatir et faire preuve d'empathie, mais on ne sait pas ce que tu as enduré.

Penelope sentit les larmes emplir ses yeux et détourna le regard, essayant de se contrôler. Les lumières autour d'elle lui parurent floues, tout à coup.

— Je ne dis pas ça pour t'embêter, reprit Tex en posant une main sur le genou de Penelope. Je veux simplement t'encourager à te laisser aller. Par exemple, quelle est ta plus grande peur ?

— Quoi ? fit Penelope en se tournant vers lui avec un regard confus.

— Ta plus grande peur par rapport à ce qui s'est passé, qu'est-ce que c'est ?

— C'est stupide, répondit doucement Penelope en baissant la tête.

— Pas du tout... dis-moi, l'encouragea Tex.

— Il y en a deux, en fait, murmura-t-elle, comme si le simple fait de les prononcer à voix haute risquait de les rendre trop concrètes. L'obscurité... et me perdre sans que personne ne puisse me retrouver... encore une fois.

La main de Tex se referma sur la sienne, autour de la croix qu'elle portait au cou. Penelope sentit le pendentif s'enfoncer légèrement dans sa peau tandis qu'il parlait.

— En ce qui concerne ta deuxième peur, tu n'as aucun souci à te faire. Nous sommes là et nous veillons sur toi.

Penelope le regarda au fond des yeux et vit qu'il était sincère. Elle n'avait jamais rencontré cet homme auparavant, mais d'emblée, elle savait qu'elle pouvait lui faire confiance. Elle comprenait exactement ce qu'il voulait dire. Elle l'avait compris dès qu'elle avait sorti la chaîne de sa poche et avait lu le mot de la femme de Wolf qui l'accompagnait :

Nos hommes nous ont sauvées et puisqu'ils vous ont sauvée également, vous êtes maintenant l'une des nôtres.
Portez ceci et vous ne serez plus jamais perdue.

Un traceur GPS. Le pendentif dissimulait un traceur GPS miniature. Cela pouvait sembler effrayant, mais Penelope avait trouvé l'idée très réconfortante, au contraire. À partir de ce moment-là, Tex saurait toujours où elle se trouverait et pourrait envoyer quelqu'un la sauver si nécessaire. Cette sécurité fut pour elle un énorme soulagement.

— Je te remercie, finit-elle par dire, laissant couler les larmes qu'elle retenait depuis si longtemps.

— De rien, répéta Tex en lui lâchant la main. Maintenant, à propos de cette première peur. Je ne peux pas faire grand-chose à ce sujet, mais j'ai l'impression que le grand costaud qui est là-bas pourra arranger ça, dit-il en désignant du menton l'autre côté de la pelouse.

Penelope essuya ses larmes et regarda dans la

direction que Tex avait indiquée. Moose se tenait là, les bras croisés sur la poitrine et les jambes écartées. Il regardait fixement Tex comme s'il voulait lui faire regretter d'avoir causé les larmes de Penelope.

— C'est seulement Moose, fit-elle avec étonnement, un léger sourire aux coins des lèvres.

— Exactement. Si tu acceptais de lui donner une chance, je crois que « seulement Moose » serait prêt à tuer tous tes démons, et tu n'aurais plus peur de l'obscurité en dormant dans ses bras...

— Tu es direct, toi ! se récria Penelope en regardant Tex d'un air amusé.

— Pourquoi ne le serais-je pas ? répondit Tex en haussant les épaules. La vie est trop courte pour la traverser en marchant sur des œufs. Dès le premier instant où j'ai parlé à Melody, j'ai tout de suite su que je voulais être à ses côtés pour toujours et la protéger.

— Tu ne trouves pas ça un peu sexiste ? rétorqua Penelope, plus sérieusement qu'elle ne l'aurait voulu. Je n'ai pas besoin d'être protégée ni choyée.

Tex ne parut pas décontenancé et se contenta de hausser les épaules.

— Peut-être. Peut-être pas... Je suis bien placé pour savoir que Melody peut se débrouiller toute seule. Elle est solide, intelligente, presque un peu rude parfois... Mais ça ne m'empêche pas de vouloir la protéger. Et ça ne l'empêche pas non plus, lorsqu'elle rentre du travail le soir, fatiguée, d'accepter que je m'occupe d'elle. Cela nous fait du bien, à elle comme à moi.

— Je suis tout à fait capable de m'occuper de moi-même, dit Penelope.

— Bien sûr que tu en es capable. Tu es une adulte responsable, tu vis seule depuis des années, tu sauves des vies et tu affrontes les flammes comme les accidents de la route. Tu as survécu trois mois entre les mains de l'État islamique. Tu mérites amplement ton titre de Princesse de l'Armée... mais tout cela ne veut pas dire que tu ne peux pas laisser quelqu'un d'autre t'épauler, et même te mâcher le travail de temps en temps – quelqu'un qui ne demande qu'à t'aimer et t'aider à affronter les difficultés de la vie.

Penelope réfléchit un instant à ce que venait de lui dire Tex.

— Je ne devrais pas avoir peur du noir, reprit-elle finalement. C'est enfantin et stupide.

— Ce n'est pas vrai. Tu as vécu l'enfer, Tiger. Cela ne m'étonne pas que tu aies des phobies. Je vais même te dire : si la peur du noir est la seule séquelle que tu gardes, ça signifie que tu es beaucoup plus forte que je l'imaginais.

Elle leva les yeux vers cet homme qui lui avait sauvé la vie sans même la connaître. Il avait convaincu les autorités d'envoyer les Forces Spéciales la secourir. Et c'était aussi lui, lorsque tous les soldats avaient disparu après le crash de leur avion, qui avait utilisé les traceurs pour les localiser et décidé d'envoyer les membres de la Delta à leur rescousse.

Il avait raison. Tellement raison... Elle avait peur de l'obscurité, et alors ? Ce n'était pas parce qu'elle dormait avec une veilleuse qu'elle n'était pas courageuse !

— Tu as raison, finit-elle par admettre.

— Je sais, répondit simplement Tex en souriant.

Soudain, une voix se fit entendre à côté d'eux :

— Je te connais et je fais de mon mieux pour rester calme alors que tu as une main sur Pen et que tu la fais pleurer, mais je jure devant Dieu que si elle ne sourit pas dans les cinq secondes, toi et moi, nous allons devoir nous expliquer...

Moose avait l'air très menaçant et Penelope ne put retenir un frisson. Elle savait qu'elle lui plaisait, mais le voir aussi agressif et protecteur envers elle était une expérience inédite.

Tex se leva tranquillement.

— Elle est à toi, Tucker, dit-il simplement avant de s'éloigner en sifflotant.

Moose le regarda partir en fronçant les sourcils, puis il baissa les yeux sur Penelope.

— Il est flippant, non ?

— Et encore, tu n'as pas tout vu ! Assieds-toi, ajouta-t-elle en désignant la place à côté d'elle.

Moose ne se fit pas prier. Comme si de rien n'était, il se mit à bavarder de tout et de rien. Il laissait à Penelope l'espace dont elle avait besoin, même si elle savait qu'il aurait aimé que les choses aillent plus vite.

Peut-être serait-elle prête un jour à laisser Moose devenir plus qu'un ami, mais à cet instant, elle lui était reconnaissante d'être à ses côtés.

* * *

— Viens, mon amour, dit Fletch en attrapant Emily.

Il l'attira devant lui, contre son torse, et enroula ses bras autour de son ventre. La tête sur son épaule, il regardait les invités encore présents.

Ils avaient coupé le gâteau, ouvert le bal et écouté

les discours de leurs amis, tous plus embarrassants les uns que les autres.

Les parents de Fletch étaient partis une demi-heure plus tôt. Ils étaient éprouvés par la journée, et les problèmes de santé de sa mère la fatiguaient énormément. Fletch détestait les voir vieillir, mais il était néanmoins heureux qu'ils aient pu assister à son mariage.

Ils avaient immédiatement adopté Annie, charmés par les surnoms de Nana et Nono. La fillette leur avait tenu compagnie presque toute la soirée, leur parlant sans interruption de son école, de son professeur d'éducation physique préféré, de son maître de première année qu'elle trouvait beau et qui portait des cravates avec des personnages de dessins animés dessus, de ses parcours d'obstacles préférés, de la fois où Truck lui avait acheté des rangers et d'un tas d'autres choses sur ses coéquipiers.

La fillette était maintenant assise à côté d'Akilah, avec qui elle discutait sans se soucier que l'adolescente ne comprenne probablement pas la moitié de ce qu'elle lui disait à cause de son débit trop rapide. Annie aimait tout le monde. C'était une enfant adorable, originale, qui attirait la sympathie de tous.

— Tu as vu Annie qui discutait avec ton nouvel

ami, Dane, tout à l'heure ? lui demanda Emily comme si elle avait lu dans ses pensées.

— Oui, répondit Fletch. Elle a été super avec lui.

Emily se mit à rire.

— Tu plaisantes ! Elle lui a posé un million de questions sur son bras, sur la manière dont il l'a perdu et sur le fonctionnement de sa prothèse…

— Justement, confirma Fletch. Je sais que ça peut sembler envahissant, mais ça ne l'était pas. Dane a besoin d'en parler et Annie l'a senti. Elle l'a écouté avec beaucoup d'intérêt lorsqu'il lui a parlé de ses amis et coéquipiers décédés. Et quand elle l'a pris dans ses bras en posant sa joue contre la sienne, il était sincèrement ému.

Emily acquiesça.

— Je ne sais pas comment j'ai pu faire une fille aussi incroyable. Elle m'impressionne beaucoup…

— C'est parce qu'elle a la mère la plus extraordinaire du monde, répondit Fletch. Beaucoup de mères célibataires n'ont pas le temps, trop occupées à devoir gagner de l'argent ou tout simplement à essayer de garder la tête hors de l'eau. Mais toi… tout ce que tu faisais, c'était pour elle. Tu as surveillé sa scolarité, fait en sorte qu'elle mange correctement, qu'elle ne se couche pas trop tard, en prenant toujours le temps de lui lire une histoire.

C'est toi qui as fait d'elle cette petite fille formidable !

Emily se retourna dans les bras de Fletch et le regarda tendrement.

— Je t'aime, Cormac Fletcher.

— Je t'aime aussi, Emily Fletcher, rétorqua-t-il.

Elle sourit et regarda autour d'elle.

— C'était une très belle fête, dit-elle d'un air comblé.

— C'est vrai. J'étais très heureux d'avoir l'occasion de mieux connaître les membres des Forces Spéciales. Et puis TJ, Penelope, Fish et même Tex... c'était la cerise sur le gâteau. Tes collègues du magasin ont passé un bon moment ?

Emily se mit à rire et désigna l'endroit du jardin où ses amies discutaient en riant.

— Je pense qu'elles ont bu encore plus que tes amis soldats, dit-elle. En tout cas, elles ont l'air de passer un bon moment !

— Alors, c'est parfait, répondit Fletch en l'attirant plus près de lui.

Il sentait son sexe durcir à son contact. Il reluqua ouvertement son décolleté pour essayer de voir ses seins, mais Emily, espiègle, plaça une main sur sa poitrine afin de décourager son regard baladeur.

— Eh ! Ce sont *mes* seins maintenant ! se plaignit Fletch.

— Mais bien sûr... répondit Emily en levant les yeux au ciel, hilare.

Fletch enfouit son nez dans son cou, puis il mordilla son lobe d'oreille.

— Tu penses qu'on peut mettre tout le monde à la porte ? chuchota-t-il.

Il sentit Emily rire contre lui en silence.

— Pas encore. Un peu de patience... Ça aurait dû te rassasier de me prendre contre le mur tout à l'heure.

— Je ne serai jamais rassasié de toi, mon amour. Jamais. Je tiens d'ailleurs à te prévenir qu'à quatre-vingt-cinq ans, je continuerai à te harceler, même si je dois prendre du viagra pour ça !

— Je ne sais pas si ça me dégoûte ou si c'est la chose la plus romantique que j'aie jamais entendue, répondit Emily en le regardant d'un air perplexe.

— C'est juste un fait, rétorqua Fletch en haussant les épaules. Au fait, Mary a dit quelque chose ? ajouta-t-il en faisant référence à leurs ébats dans l'appartement de leur amie.

— Évidemment. Tu la connais... Dès qu'elle a pu, elle m'a coincée pour me demander où nous avions fait l'amour et si elle avait besoin de laver ses draps, son canapé ou sa table.

— Que lui as-tu dit ? demanda Fletch en riant.

Emily rougit.

— Qu'elle n'avait pas besoin de laver quoi que ce soit, et que nous avions réussi à ne pas avoir de relations sexuelles sur aucune des surfaces où elle était susceptible de manger, de cuisiner, de s'asseoir ou de dormir. Je ne sais pas du tout comment elle a deviné, mais elle m'a tout de suite répondu : « Contre le mur. Impressionnant ! » avec un regard complice, expliqua Emily.

— En fait, je ne devrais peut-être pas te le dire, commença Fletch, mais Mary m'a appelé il y a deux jours pour me menacer de mort si jamais nous faisions l'amour sur ses meubles. Elle a dit qu'elle nous aimait beaucoup tous les deux, mais que les fluides corporels contamineraient ses affaires. Alors, je lui ai demandé si ses murs étaient autorisés, et en riant, elle m'a répondu que oui. Tant que la peau nue ne touchait pas ses affaires, nous avions le droit de faire ce que nous voulions.

— Nous avons vraiment des amis géniaux ! s'exclama Emily en riant.

— C'est vrai, acquiesça Fletch.

Sur ce, il l'embrassa, d'un baiser long, langoureux et profond. Sans lui parler, il voulait lui montrer à quel point il était heureux et fier de faire d'elle son épouse.

Tout à coup, comme surgie de nulle part, une voix sèche résonna par-dessus la musique en sourdine et le brouhaha des invités.

— Personne ne bouge sinon on tire ! Faites ce qu'on vous dit et personne ne sera blessé.

Fletch tourna la tête et regarda, incrédule, les quatre hommes qui se tenaient au milieu du jardin, leurs visages dissimulés par des bandanas, et des AK-47 à la main, pointés sur les invités.

Putain ! Les Delta étaient censés être les soldats les mieux entraînés du monde. Comment avaient-ils pu se laisser avoir par ces enfoirés ? Ils n'auraient jamais dû baisser la garde, même aujourd'hui !

Tandis qu'il se demandait qui pouvait être assez stupide pour interrompre une fête de mariage et braquer les meilleurs soldats qui existaient sur cette planète, il entendit sa fille s'exclamer : « Super ! Papa Fletch va enfin pouvoir botter des culs ! »

4

———

— Les femmes et les enfants, de ce côté. Les hommes de l'autre ! ordonna l'homme qui avait parlé, et qui semblait être le chef de groupe, en faisant un geste avec son fusil.

Fletch sentait Emily crispée dans ses bras tandis qu'elle cherchait Annie du regard. Il aimait qu'elle considère toujours sa fille comme sa priorité. Il savait que lorsqu'ils auraient des enfants ensemble, elle serait une mère extraordinaire. Il ne lui restait plus qu'à la convaincre que le plus tôt serait le mieux. Il ferait cela dès qu'il se serait débarrassé de ces ordures qui essayaient de gâcher son mariage.

— Bougez-vous, abrutis ! aboya l'homme.

Fletch libéra Emily et la poussa légèrement vers Annie.

— Vas-y, mon amour. Reste calme, ce sera bientôt terminé.

Sans dire un mot, elle hocha la tête et serra fort le bras de son mari avant de rejoindre sa fille sans se retourner.

Lorsqu'elle fut partie, Fletch alla immédiatement rejoindre ses coéquipiers à l'endroit que le tireur avait indiqué pour les hommes. Tous regardèrent en silence les quatre agresseurs.

Wolf et les autres membres des Forces Spéciales avaient fait la même chose. Leurs équipes encadraient le groupe d'hommes, tandis que des employés du magasin d'Emily et autres civils de Fort Hood se tenaient au milieu.

Lorsque tout le monde fut en place et que le calme retomba, trois des hommes armés s'approchèrent du groupe et tournèrent autour d'eux pour monter la garde. Un doigt sur la gâchette de leurs fusils, ils donnaient l'impression d'être prêts à tirer à la moindre provocation.

— Voilà ce qui va se passer, commença l'homme. Personne ne sera blessé si vous suivez nos instructions à la lettre. Je ne veux *aucune* embrouille ! C'est compris ?

Il attendit un instant avant de reprendre.

— Très bien. Maintenant, un par un, vous allez

avancer et poser vos montres, ainsi que vos porte-feuilles, vos téléphones et tous vos autres bijoux ici, ordonna-t-il en désignant une table qui se trouvait à environ deux mètres de lui, sur le côté.

Il s'arrêta et pointa Fletch en particulier.

— Les alliances aussi. Tout ! Si vous essayez de cacher quelque chose, je tire sur l'une des femmes. Si je vois quelqu'un tenter d'appeler les flics, je le bute direct. Vous êtes prévenus : n'essayez pas de jouer aux héros et tout se passera bien.

Fletch serrait les dents. Ses coéquipiers et lui détestaient plus que tout que l'on menace des femmes et des enfants. *Les bâtards* !

Lentement, les hommes autour de lui commen-cèrent à obéir. Ils retiraient leurs portefeuilles de leurs poches ainsi que leurs bijoux.

— Un plan ? murmura Fletch à Ghost, profitant que les invités qui se rendaient à la table déposer leurs affaires les uns après les autres fassent diversion.

Ghost et les Delta attendaient leur tour en évaluant la situation. Les autres soldats faisaient la même chose.

— Pour l'instant, on attend, répondit-il.

— On ne va quand même pas laisser ces

connards gâcher mon mariage et braquer tout le monde, pesta Fletch entre ses dents.

— S'il n'y avait que nous, on pourrait agir vite, expliqua Ghost calmement. Mais ce n'est pas le cas… Regarde ! dit-il en faisant un signe presque imperceptible en direction des femmes et des enfants.

Fletch dut faire un effort incommensurable pour rester immobile en voyant que l'un des hommes armés se tenait derrière Annie, une main ferme posée sur son épaule tandis que, de l'autre, il tenait toujours son fusil, son doigt sur cette foutue gâchette. Il s'était placé sur le côté afin de voir à la fois le groupe des femmes et d'enfants qu'il surveillait, et celui des hommes, en face.

— Reste calme, Fletch, lui intima Coach qui se tenait de l'autre côté. Elle va bien pour l'instant.

— Pour l'instant ! lança Fletch. Si cet enfoiré touche un seul de ses cheveux, je le tue, putain.

— Nous le tuerons tous, renchérit Truck.

— Vos gueules ! vociféra l'un des hommes armés, prenant la parole pour la première fois.

Il avait un fort accent du sud et sa voix était plus grave que celle de l'homme qui avait parlé en premier.

— Toi ! hurla-t-il en désignant Fletch. Amène ton cul par ici et mets ta merde sur la table.

Sentant qu'il était à deux doigts de faire une bêtise et d'arracher le fusil des mains de l'homme qui venait de l'invectiver, Fletch prit une profonde inspiration et se dirigea docilement vers l'endroit où ses amis avaient commencé à entasser leurs affaires. Il posa son portefeuille sur la table, et lentement, très lentement, enleva sa montre. Puis, soutenant le regard de l'homme qui pointait son fusil sur lui pour lui faire comprendre qu'il allait regretter d'avoir fait irruption chez lui, au moment de son mariage, pour tenter de voler ses amis, il retira l'alliance qu'Emily lui avait glissée au doigt le matin même ; cet anneau qu'il s'était juré de ne plus jamais enlever, sauf en cas d'absolue nécessité lors de ses missions top secrètes. Il la posa soigneusement sur son portefeuille, puis recula.

— C'est tout ? demanda l'homme au fusil.

— Tu veux vérifier toi-même ? répondit Fletch d'une voix froide et calme en tendant ses bras sur les côtés.

L'homme hésita une fraction de seconde avant de ricaner.

— Si je découvre que tu as gardé des trucs, tu vas le regretter.

— C'est *toi* qui vas regretter ce que tu es en train

de faire, lui répondit Fletch d'une voix toujours aussi menaçante.

Il restait immobile, mais il sentait un intense désir d'action vibrer en lui, comme lorsqu'il s'apprêtait à intervenir dans une mission, juste avant de jouer le tout pour le tout et qu'ils devaient tuer ou être tués.

Ces hommes avaient menacé sa femme. Sa fille... Fletch se jura de ne pas les laisser repartir indemnes, voire ne pas repartir du tout. De toute façon, il savait que si lui et ses coéquipiers les tuaient, ils ne risquaient rien : les caméras installées dans la maison confirmeraient qu'ils avaient agi en état de légitime défense.

— Va rejoindre les autres, Musclor ! lui ordonna finalement le gars au fusil.

Sans un mot, les bras toujours sur le côté et sans quitter des yeux l'agresseur, Fletch recula jusqu'à l'endroit où se trouvaient Ghost et le reste de son équipe.

Un par un, les autres hommes du groupe avancèrent, vidèrent leurs poches et posèrent leurs alliances sur le tas d'objets de valeur qui ne cessait de grossir, tous avec le même désir de vengeance dans les yeux.

Lorsque ce fut au tour de Tex, l'ancien agent des

Forces Spéciales marcha lentement jusqu'à la table, d'une démarche claudicante.

Sans rien laisser paraître sur son visage, Fletch se demanda pourquoi Tex, qui n'avait jamais boité, simulait un tel handicap et ce qu'il avait prévu de faire.

— Un estropié ? railla l'homme à l'accent du sud.

— J'ai été amputé d'une partie de ma jambe, répondit Tex d'une voix aiguë.

— Fais voir ! lui ordonna celui qui avait parlé en premier.

Sans hésiter, Tex retroussa sa jambe de pantalon, révélant la prothèse qu'il portait. Il avait mis ce jour-là une prothèse métallique, et non pas celle qui imitait la couleur de la peau.

Le tireur eut l'audace de s'approcher de lui et de taper la crosse de son arme contre le métal, provoquant un son lugubre et froid qui fendit le silence nocturne.

— Ça vaut combien ? demanda-t-il avec avidité.

— Je vous en prie, je n'ai pas les moyens de la remplacer, gémit Tex, indiquant sans le dire franchement que cela valait beaucoup d'argent.

— Retire-la ! ordonna le chef du groupe.

— Mais je ne peux pas marcher sans cette prothèse, se plaignit Tex.

— Tu crois que ça me fait quelque chose ? Enlève-la, je te dis ! Mets-la sur la pile et démerde-toi pour rejoindre les autres comme tu peux, j'en ai rien à foutre !

— J'ai besoin d'aide pour marcher.

— Toi ! Va l'aider, intervint pour la première fois le troisième homme masqué.

Fletch se tourna pour savoir à qui l'homme venait de s'adresser. Il réussit à peine à dissimuler un sourire lorsqu'il vit Fish s'avancer. Il n'était pas certain de ce que Tex avait prévu, mais il était prêt à mettre sa main au feu que c'était exactement ce qu'il attendait.

— Tu es en morceaux, toi aussi ! Enlève ton faux bras, lança le tireur à Fish. Eh, les mecs ! On dirait qu'on est tombés sur les Pieds Nickelés, plaisanta-t-il à l'attention de ses compères.

Les yeux toujours rivés au sol, Fish ne dit pas un mot et rejoignit Tex en silence. Lorsqu'ils furent côte à côte, Tex, toujours silencieux, aida son compagnon à retirer sa prothèse du bras. Après avoir déposé son portefeuille sur la table, Fish passa son bras valide autour de la taille de Tex et l'aida à retourner jusqu'au groupe.

Fletch sourit tristement. Il voyait que Fish était hors de lui. Il transpirait la rage et le désir de vengeance. Même si les deux soldats étaient handicapés, Fletch était prêt à miser tout ce qu'il possédait sur eux. Ils pouvaient mettre n'importe lequel de ces abrutis à terre. De toute évidence, ils attendaient le bon moment pour agir. Plus les hommes armés sous-estimeraient le groupe, plus vite les agents, anciens et actuels, pourraient les envoyer au tapis.

Or Fletch savait que tous étaient prêts à intervenir. Les Forces Spéciales se tenaient à une extrémité du groupe. Ils paraissaient détendus, mais Fletch, qui les connaissait bien, savait qu'ils étaient sur le point de bondir. Wolf agitait discrètement les mains et Fletch comprit qu'il communiquait avec ses hommes, lesquels lui répondaient en usant de la même technique. Quel que soit leur plan, ils se mettaient d'accord pour agir de manière coordonnée.

Les coéquipiers de Fletch, eux aussi, étaient calmes en apparence, mais prêts à lancer une offensive. Ils ne disposaient pas de moyen de communication secret, mais ils travaillaient ensemble depuis longtemps et ils étaient si parfaitement formés à ce genre de situation qu'ils avaient tous en tête un plan A, B, C, D, et même E et F. Ils étaient capables de passer de l'un à l'autre en quelques secondes.

TJ, l'ancien tireur d'élite des Delta, se tenait au

milieu de ses coéquipiers, les bras croisés sur sa poitrine, avec un regard noir qui indiquait clairement qu'il n'avait pas peur.

Fletch avait plusieurs scénarios en tête. Les trois hommes qui les surveillaient étaient postés à intervalle régulier. La table sur laquelle était déposé le butin se trouvait au milieu, gardée par l'homme à l'accent du sud. TJ, Tex et Fish pourraient s'occuper de lui, tandis que les Delta prendraient en charge le chef du groupe qui se trouvait à côté d'eux et que l'équipe des Forces Spéciales attaquerait le troisième homme.

S'il n'y avait qu'eux, sans les civils et les femmes, ces quatre abrutis auraient déjà été désarmés et mis à terre, regrettant d'être entrés dans cette maison. Mais ils n'étaient pas seuls. Un autre homme surveillait le groupe des femmes et des enfants. Même si Fletch savait que sa jeune épouse était courageuse, tout comme Mary, Rayne, Harley, et les autres certainement, elles n'étaient pas militaires pour autant.

En revanche, Penelope l'était.

Fletch détacha ses yeux d'Annie, toujours placée devant l'homme armé, pour regarder celle que l'on appelait la Princesse de l'Armée. Penelope lui renvoya son regard. Elle n'était pas concentrée sur Annie ni sur l'agresseur, elle le regardait, *lui*.

Ils se fixèrent pendant un long moment, chacun d'un côté du jardin, puis Penelope fit un léger signe du menton en direction de Fletch et de son équipe. Elle porta ensuite sa main à sa poitrine, la paume sur son cœur, tout en désignant de la tête l'homme qui détenait Annie en otage.

Fletch n'aimait pas ce que Penelope était en train de lui proposer. Pas du tout. Il aurait voulu s'occuper lui-même du quatrième homme qui avait osé s'approcher de sa fille, mais il était trop loin... Si Penelope, un soldat tout aussi bien entraîné que les autres, pouvait lui régler son compte, leurs équipes s'occuperaient des trois autres hommes.

— Non, chuchota Moose à côté de lui.

Fletch se tourna vers son ami pompier et le regarda discrètement. Moose semblait tendu. Les yeux rivés sur Penelope, il avait perçu leur échange non verbal et il était en désaccord avec ce plan – en total désaccord.

— Ça va marcher, murmura Fletch entre ses dents.

— Elle est trop petite, répondit Moose.

Fletch nourrissait la même réserve que son ami. Tiger devait mesurer environ un mètre cinquante-cinq. Elle risquait de ne pas faire le poids face à l'homme qui menaçait Annie et le groupe des femmes et qui mesurait au moins un mètre quatre-vingt-cinq.

— Prends son six, dit Fletch sans argumenter davantage, espérant que Moose, pompier de formation, comprendrait cette expression militaire qui signifiait assurer les arrières de quelqu'un.

De toute façon, il n'avait pas le temps d'en dire plus.

Sans un mot, Moose acquiesça d'un léger signe de tête, la mâchoire crispée trahissant son état de tension.

En silence, Fletch soupira de soulagement. Il avait compris.

La situation était délicate. Penelope se trouvait à l'autre bout du jardin et ils n'avaient que quelques secondes pour agir. Mais il fallait que leur plan fonctionne ; ils n'avaient pas d'autre choix.

La seule difficulté, c'était Annie.

5

———————

Emily était hors d'elle. C'était son mariage, un jour joyeux, un moment de partage avec son mari et ses amis. Tout avait bien commencé. Parfaitement, même... Jusqu'à ce que ces connards décident de prendre ce qui ne leur appartenait pas. Et de menacer tout le monde.

Elle jeta un regard noir à l'homme qui tenait sa fille. Une haine montait en elle, telle qu'elle n'aurait jamais soupçonné en éprouver un jour.

— Reste calme, Emi, lui souffla Rayne à voix basse. Surtout, ne bouge pas.

— S'il la blesse, ne serait-ce qu'un peu, je le tue.

— Tu n'auras pas à le faire. Fletch l'aura fait avant toi.

— La ferme ! cria l'homme qui détenait la fillette. On vous a demandé de vous taire.

En silence, elles regardèrent les hommes dans le jardin, qui déposaient un à un leurs objets de valeur sur une table devant laquelle se tenait l'un des hommes armés. Emily se trouvait à l'avant du groupe de femmes, Rayne à sa gauche et Harley à sa droite. Mary, quant à elle, était à côté de Rayne, et Penelope près de Harley. Elles formaient une barrière protectrice devant Melody, la petite Alam et Akilah, afin d'empêcher que d'autres enfants soient pris en otage.

Lorsqu'arriva le tour de Fletch, Emily le suivit attentivement des yeux. Elle ne put retenir un sursaut lorsque, lentement, il retira son alliance. Bien sûr, elle savait qu'il aurait dû l'enlever lors de ses nombreuses missions pour des raisons de sécurité, mais en voyant ainsi le symbole de leur amour bafoué, quelques heures seulement après l'échange de leurs vœux, elle était blessée au plus profond d'elle-même.

Il était évident que Fletch ressentait la même chose. Emily vit son mari écarter les bras de manière provocante, comme pour inciter le tireur à le blesser, et elle retint son souffle. Enfin, Fletch recula et reprit sa place dans les rangs. Ce ne fut qu'à ce moment-là qu'elle put respirer à nouveau.

— On dirait que ton amoureux se montre coopérant, chérie. Il n'est pas si bête, finalement...

Emily fusilla le tireur des yeux. Ces hommes avaient dû préparer leur coup bien avant ce soir-là. Fletch et elle avaient coupé le gâteau de mariage et ouvert le bal, comme le voulait la tradition. Si ce gars savait qu'elle était la mariée, cela voulait dire qu'ils étaient au courant que ce mariage aurait lieu. Leur plan était prémédité. Il était impossible qu'ils soient passés par hasard, d'autant moins que la maison de Fletch ne se trouvait pas sur une route principale.

Emily se demanda combien d'autres soirées et réceptions ces enfoirés avaient gâchées...

Soudain, Annie prit une profonde inspiration, comme si elle s'apprêtait à hurler sur l'homme qui la tenait par l'épaule. Heureusement, Penelope prit la parole avant elle :

— Vous faites peur à cette petite fille, lança-t-elle d'une voix assez forte pour que l'homme armé derrière Annie l'entende, mais pas ses acolytes de l'autre côté du jardin.

— Tu crois que j'en ai quelque chose à faire ? rétorqua l'homme avec un sourire pervers, resserrant sa main sur l'épaule d'Annie.

— Si jamais elle pleure à cause de vous, son père risque de très mal le prendre, l'avertit Penelope.

Emily se tourna vers son amie, intriguée par sa répartie. Sa fille n'avait pas du tout l'air effrayée, mais plutôt en colère, comme elle.

Le regard d'Annie alternait entre Penelope et sa mère, comme pour analyser la situation.

— Elle tremble presque de peur, insista Penelope avec précaution.

À ces mots, Annie renifla bruyamment et Emily se rendit compte qu'elle commençait à trembler.

Emily plissa les yeux, observant sa fille afin de déterminer si elle était réellement mal et si elle devait intervenir pour la protéger. Elle ne l'avait jamais vue trembler de cette manière lorsqu'elle pleurait. D'ailleurs, Annie pleurait rarement ; elle était dure et savait parfaitement retenir ses larmes lorsqu'elle se faisait mal.

— John ! s'exclama soudain Melody d'une voix étouffée.

Interrompue dans son observation, Emily regarda alors en direction du groupe d'hommes et vit Tex, le mari de Melody, s'approcher de la table avec un boitillement évident.

— Qu'est-ce qu'il fabrique ? murmura Melody en

voyant son mari parler avec le tireur, le dos légèrement voûté et la tête basse.

De là où elle était, elle n'entendait pas ce qu'il
disait. Quelques instants plus tard, Fish le rejoignit.

Contrairement à Tex, il ne semblait pas le moins
du monde effrayé. Tout en parlant, il ne quittait pas
des yeux l'homme armé. Puis, presque en même
temps, les deux hommes ôtèrent leurs prothèses et
les ajoutèrent à la pile d'objets sur la table, avant que
Fish n'aide Tex à retourner vers le groupe.

— Tex blessé ? demanda Akilah à sa mère.

— Non, murmura Melody. Ce doit être un plan.
Ton père est tout aussi fort avec une seule jambe.

— Comme Baby, répondit Akilah avec
soulagement.

— Exactement, comme notre chienne, Baby.

La chienne de chasse noir et feu n'avait que trois
pattes, mais elle s'en sortait aussi bien que les autres.
La famille l'avait laissée chez Amy, la meilleure amie
de Melody, qui adorait la chienne presque autant
qu'elle.

Le défilé des hommes se poursuivait dans un
climat de tension qui, les femmes le sentaient,
risquait d'exploser à tout moment. Le danger était si
évident qu'Emily se demanda comment leurs
cerbères ne s'en rendaient pas compte. Pourtant, elle

était convaincue qu'ils ne se doutaient de rien, sinon ils auraient pris leurs jambes à leur cou depuis long-temps déjà.

L'attention d'Emily était partagée entre sa fille et son mari. Elle eut presque honte en prenant conscience qu'elle regardait davantage Fletch qu'An-nie. En fait, la situation de sa fille l'épouvantait encore plus. Elle se sentait impuissante, incapable de l'aider. Lorsqu'elle regardait Fletch, en revanche, elle était rassurée, protégée. En sécurité.

Elle voyait bien qu'il était en rogne, mais elle savait qu'il avait la situation sous contrôle et qu'il veillerait, avec ses coéquipiers et ses amis, à ce que rien ne leur arrive. Elle était certaine qu'ils mettaient sur pied un plan d'action.

Fletch ne l'avait pas regardée depuis qu'il avait déposé son portefeuille, sa montre et son alliance sur la table. À présent, il fixait un point sur sa droite. Tournant discrètement la tête, elle constata qu'il s'agissait de Penelope, qui à son tour regardait avec intensité tous les membres de la Delta Force. Elle esquissait de légers mouvements de la tête et des bras. Fletch acquiesça à son message.

Emily n'avait aucune idée de ce qui se passait, mais elle comprit que Penelope et ses hommes préparaient quelque chose. Elle se rappela que la jeune femme était également soldat. Elle l'avait toujours considérée comme un pompier, mais après tout, elle ne portait pas le surnom de Princesse de l'Armée pour rien.

— Maintenant, il va falloir que tu travailles un peu, ma petite, dit l'homme à Annie d'un ton bourru.

La fillette le regarda par-dessus son épaule sans rien dire.

— Je voudrais que tu ailles vers chacune des femmes et que tu leur demandes de te donner leurs bijoux. Boucles d'oreilles, colliers, bagues, bracelets... Tout. N'oublie personne et veille à ce qu'elles ne gardent rien, c'est compris ?

Puis, élevant la voix, il s'adressa à tout le groupe :

— Si l'une d'entre vous tente de dissimuler quelque chose, quoi que ce soit, c'est cette petite fille qui en paiera le prix, c'est clair ? aboya-t-il. Si vous gardez votre alliance, je lui casse un doigt. Un bracelet, je lui casse le poignet. Si vous ne videz pas vos poches, je lui déboîte l'épaule. Et si l'une d'entre vous essaye quelque chose d'encore plus stupide, je prends le bébé que vous essayez de me cacher en pensant naïvement que je ne l'ai pas vu et je lui casse les doigts et les jambes.

Emily regarda l'homme, en état de choc. Jusqu'à

présent, il avait semblé assez calme, surtout en comparaison avec les trois autres. En réalité, c'était pour mieux cacher sa folie. S'il était prêt à blesser Annie ou à casser les jambes et les doigts d'un bébé, il n'hésiterait pas à tirer sur n'importe qui dans le cas où il le jugerait nécessaire.

— Pas de mal à Alam, fit Akilah à voix basse, la mine sombre.

— Ne t'inquiète pas, dit Melody à sa fille en posant une main sur son avant-bras, à la fois pour l'empêcher de réagir et pour la réconforter.

Annie affichait un air revêche, mais elle gardait le silence. Elle ne regardait pas l'homme qui venait de la menacer. Comme il le lui avait demandé, elle se dirigea vers la première femme, une amie d'Emily qui travaillait avec elle au magasin. Alors que la fillette tendait sa petite paume, la femme ôta ses boucles d'oreilles, sa montre et son collier de perles. Après s'être assurée que la femme n'avait rien d'autre, Annie retourna vers l'homme armé.

Elle lui tendit le butin et l'homme regarda autour de lui à la recherche d'un endroit où le mettre. À l'évidence, il n'avait pas pensé à tout...

— Toi ! Apporte ton sac à main ! ordonna-t-il à l'une des femmes.

Sans prendre la peine de se déplacer, il missionna Annie.

— Récupère-le et mets les bijoux dedans !

Sans un mot, Annie prit le sac en cuir, puis elle revint au début de la file et se dirigea vers la deuxième femme. Elle continua ainsi sa ronde, déposant chaque fois les bijoux dans le sac comme l'homme le lui avait demandé.

Lorsqu'elle arriva au niveau de Penelope, Annie la regarda droit dans les yeux.

— Tu es très courageuse, Annie. Bravo ! Tu n'as pas pleuré, même si tu en as certainement très envie. Tu peux, tu sais. Tu as le droit de pleurer.

— J'ai trop peur, répondit Annie, s'exprimant pour la première fois. Je ne veux pas que mes doigts soient cassés, continua-t-elle, plus fort.

— Ne t'en fais pas, tenta de la rassurer Penelope. Tout le monde va te donner ses bijoux et il ne t'arrivera rien, lui dit-elle en passant la main derrière son cou afin de détacher son collier.

Emily observait attentivement Penelope. Il se passait quelque chose qu'elle ne voyait pas, mais que sa fille, en revanche, semblait parfaitement percevoir.

L'ancienne militaire paraissait calme et sous

contrôle, mais Emily, qui la scrutait avec attention, savait que c'était une fausse impression.

Juste avant de laisser tomber son collier dans le sac tenu par Annie, elle hésita une fraction de seconde, le temps de passer subtilement son pouce sur la croix maltaise, comme pour caresser le pendentif une dernière fois avant de s'en séparer.

— Exactement, renchérit Harley. Nous allons toutes te donner ce que nous avons et personne ne sera blessé.

Emily ne quittait pas sa fille des yeux. Elle avait dit qu'elle avait peur, mais sa voix ne trahissait pourtant aucune frayeur. La fillette était maintenant en train d'acquiescer silencieusement à ce que Penelope venait de lui dire. Emily n'avait rien entendu, mais la femme souriait à sa fille d'un air complice.

— Assez de bavardages, vous deux ! hurla l'homme. Dépêche-toi, gamine ! Arrête de traîner.

Annie hocha la tête et se plaça devant Harley. Comme les autres, elle déposa tous ses bijoux dans le sac puis posa sa main sur l'épaule d'Annie dans un geste rassurant.

Enfin, la fillette se présenta devant sa mère.

Emily prit une longue inspiration et regarda sa fille tristement. Elle retira son collier et le laissa tomber sur les autres bijoux. Avec une lenteur infinie, elle enleva ensuite une boucle d'oreille, puis la suivante. Elle ôta les deux bracelets qu'elle portait aux poignets, que Fletch lui avait offerts, et en arriva finalement à son alliance.

— Ne t'inquiète pas, maman, dit Annie d'un ton si bas que personne d'autre n'avait pu l'entendre à part peut-être Rayne et Harley. Papa Fletch ne laissera jamais personne te voler ton alliance. Et ton petit soldat veille au grain ! lui dit-elle avec un léger sourire.

Il n'y avait pas un soupçon de peur ni de doute sur le visage de sa petite fille. Au lieu de la rassurer, ce constat inquiéta Emily.

— Laisse papa s'occuper de ça, ordonna-t-elle à sa fille, regrettant tout à coup de l'avoir aussi souvent laissé jouer au soldat avec les amis de Fletch.

Elle ne voulait pas qu'Annie s'imagine pouvoir agir et résoudre cette situation. Elle n'était qu'une petite fille, pas un soldat, même si Emily savait que sa fille rêvait de le devenir un jour.

— Personne ne va s'occuper de quoi que ce soit, menaça le tireur qui, de toute évidence, avait entendu Emily parler à sa fille. Personne sauf nous, c'est clair ? Maintenant, dépêche-toi, gamine ! Je commence à m'impatienter.

Annie saisit l'occasion.

— Ne me faites pas de mal, s'il vous plaît, gémit-elle en se tournant vers l'homme qui la menaçait. Je fais de mon mieux, mais ce sac est vraiment très lourd.

— Je m'en fiche. Continue...

Annie hocha la tête et s'approcha de Rayne puis, regardant à nouveau sa mère, lui fit un clin d'œil.

Un *clin d'œil* !

À cet instant, Emily comprit que sa fille pensait vivre une autre aventure. Il ne lui avait pas suffi d'être prise en otage avec ses camarades de classe, par un fou armé dont ils n'avaient pu échapper qu'en se sauvant par la fenêtre, ni d'avoir été droguée et contrainte à découper un container en métal pour s'enfuir. Cette fois encore, elle semblait avoir l'impression d'être dans un jeu dont la scène était un hold-up au beau milieu du mariage de ses parents.

Alors qu'Emily ouvrait la bouche pour dire à sa fille que ce qui était en train de se passer était très sérieux et qu'elle risquait d'être blessée, Akilah l'interrompit :

— J'ai bras. Tu veux ça aussi ? demanda l'adolescente au ravisseur.

— Quoi ? s'exclama l'homme sans qu'Emily sache s'il était déstabilisé par ce que venait de dire

Akilah ou s'il ne l'avait pas comprise à cause de son accent.

— Mon bras. Tu veux ? Les autres ont donné bras et jambe, précisa-t-elle en désignant la table sur laquelle étaient posées les prothèses de Tex et de Fish.

L'homme se retourna alors en direction de ses complices, de l'autre côté du jardin, aperçut les membres factices et se tourna de nouveau vers la jeune Irakienne.

— Ouais. Enlève-le ! On dirait qu'on a toute une famille d'éclopés, railla-t-il en éclatant d'un rire sardonique.

Alors qu'Annie continuait de collecter les bijoux auprès des autres femmes, Akilah retira sa prothèse, qui était plus sophistiquée que celle de Fish. Non seulement elle était couleur chair, mais elle avait une main et des doigts, alors que Fish n'avait que des crochets métalliques.

La prothèse était si réaliste qu'il ne manquait que le sang pour que l'on ait réellement l'impression qu'il s'agissait d'un véritable bras arraché. C'était une pensée un peu étrange, comme l'ensemble de la situation...

Annie revint enfin vers Akilah et Melody.

Tendant son petit bras, elle attrapa délicatement la prothèse que lui remettait l'adolescente.

— Je ferai attention, promit-elle.

— Attention, c'est lourd, fit Akilah à voix basse.

Annie ne répondit pas, mais hocha légèrement la tête en s'emparant de la prothèse.

— Viens ici ! ordonna l'homme. Et arrête de parler, bordel ! Combien de fois je vais devoir te le dire ?

Courbant l'échine comme si le sac était trop lourd pour elle, Annie revint sur ses pas. Lorsqu'elle fut à portée de main, l'homme la tira par l'épaule et la plaça de nouveau devant lui. Annie tenait la prothèse d'Akilah, la serrant contre elle comme s'il s'agissait d'un ours en peluche réconfortant.

— Tu as tout ? cria l'un des malfrats depuis l'autre côté du jardin.

— Ouais ! répondit l'homme qui tenait Annie.

— Certain ?

— J'ai dit oui, putain ! J'ai tout, je te dis...

— Demande à la gosse de l'apporter, reprit l'autre homme d'un ton exaspéré.

— Tu as entendu ? Vas-y !

Il poussa Annie dans le dos. La fillette trébucha, mais elle se ressaisit avant de se tourner vers l'homme.

— M... mais j'ai p... peur, balbutia-t-elle, serrant encore plus fort la prothèse d'Akilah.

— C'est parfait, répondit le ravisseur, insensible. Comme ça, tu ne feras pas de bêtise et personne ne sera blessé.

Annie finit par se retourner et traversa le jardin à pas lents, la tête basse.

En la voyant s'éloigner, Emily eut le sentiment de sentir sur ses épaules le fardeau que sa fille portait. Cette dernière arriva vers l'autre homme armé qui sembla lui dire quelque chose. Dès qu'Annie fut suffisamment proche, il lui arracha violemment le sac avant de la pousser tout aussi brutalement, la faisant tomber au sol.

Annie atterrit dans l'herbe, sur les fesses. La prothèse qu'elle avait tenue jusque-là avec mille précautions lui échappa et tomba à côté d'elle. Aussitôt, Annie se mit à hurler.

Elle pleura si fort que la petite Alam se joignit à ses cris.

Si fort qu'Emily, paniquée, tenta de rejoindre sa fille avant d'en être immédiatement empêchée par Harley et Rayne, qui la retinrent de justesse.

Si fort que Fletch, Truck et Dude eurent également le réflexe d'aller la réconforter avant de se raviser.

Si fort que l'homme qui l'avait poussée se boucha une oreille de sa main libre.

Si fort que l'homme qui surveillait le groupe des femmes rejeta la tête en arrière en éclatant de rire, amusé par le chagrin manifeste de la fillette qu'il avait menacée quelques minutes plus tôt.

— Boucle-la ! hurla enfin l'un des malfrats en face d'Annie. Retourne avec les bonnes femmes...

Son intervention ne fit que renforcer les pleurs de la fillette, qui se firent de plus en plus stridents. Elle ignora l'injonction de l'homme, ou peut-être ne l'avait-elle pas entendu. Toujours est-il qu'elle demeura immobile, serrant contre son cœur la prothèse qu'elle avait ramassée.

N'y tenant plus, l'homme qui l'avait bousculée la saisit de son bras libre et la hissa sur ses pieds. S'accrochant toujours plus fort à la prothèse, Annie continua de pleurer. Emily, qui regardait la scène les poings serrés, vit alors l'homme se pencher vers sa fille et lui dire quelque chose. Les sanglots d'Annie ne faiblirent pas, mais elle acquiesça et rebroussa chemin.

Emily était soulagée. La situation restait dangereuse, mais au moins, elle aurait son bébé auprès d'elle. Un homme armé valait mieux que trois...

Annie continua de pleurer tout en revenant vers le gardien affecté au groupe de femmes.

— Pourquoi tu chiales, toi ? demanda-t-il avec impatience.

— Je suis tombée, gémit Annie en s'arrêtant devant lui.

— Et alors ?

— J'ai *mal* !

— Oh, ça va. Tu n'es plus un bébé. Il t'a à peine touchée. Tu t'en remettras.

Emily bouillait de l'intérieur. Comment ce gros porc osait-il parler ainsi à sa fille ? Il n'avait pas le droit. Pas le droit de minimiser sa douleur. Pas le droit de la menacer. Pas le droit d'être là, d'ailleurs !

Emily était sur le point d'aller vers sa fille pour la prendre dans ses bras et la réconforter quand l'homme cria quelque chose à l'attention de son imbécile de compère qui avait poussé la fillette.

Les pleurs d'Annie ne diminuèrent pas d'un iota, mais ses yeux se posèrent sur Penelope. À son tour, sa mère consulta du regard l'ancienne militaire qui hocha la tête, transmettant un signal à Annie.

Comme au ralenti, Emily vit avec horreur et crainte sa fille tenir la prothèse d'Akilah comme une batte de baseball et la lancer aussi fort que possible, visant les jambes de l'homme.

6

———

Fletch ne quittait pas sa fille des yeux. Lorsque l'homme à l'accent du sud la poussa, la faisant tomber dans l'herbe, son sang ne fit qu'un tour. Il était fou de rage.

Lorsqu'Annie se mit à hurler de douleur, il fit un pas en avant et remarqua que Truck avait le même réflexe. Heureusement, ils s'arrêtèrent tous les deux avant de se précipiter vers Annie, mais Fletch faillit ne pas se retenir. Il s'en était fallu de peu...

L'homme qui avait bousculé la fillette se boucha une oreille de sa main libre pour tenter d'atténuer la gêne que semblaient lui provoquer les cris de l'enfant.

En voyant le gardien des femmes éclater de rire, Fletch jura de le lui faire payer dès qu'il le pourrait :

il fallait être sans âme pour se moquer d'un enfant en pleurs.

Or au bout d'un moment, Fletch prit conscience que les sanglots d'Annie étaient feints. Elle n'avait aucune larme et ne faisait que gémir et crier. S'il fut soulagé de constater qu'Annie, qui ne pleurait presque jamais, essayait de faire diversion, il décida de rester sur le qui-vive, même s'il ignorait quel plan avait été décidé. Il détestait savoir sa fille en danger et devait la protéger à tout prix.

Manifestement, les hommes qui les tenaient en otage connaissaient mal les enfants, voire pas du tout, car à aucun moment ils ne s'aperçurent que la fillette simulait sa crise de larmes.

Profitant de ce que les ravisseurs étaient distraits par les cris, Fletch se pencha vers Ghost.

— Annie fait semblant, lui dit-il rapidement. Tiger va s'occuper du mec en face. Nous, on prend l'idiot juste à côté, et Fish, Tex et TJ s'occuperont du fumier qui parle avec un accent. Ghost et son équipe se chargeront de celui qui ne dit rien.

— Qui couvre Tiger ? s'enquit Ghost immédiatement.

— Son homme, Moose. Truck sera sûrement près de Mary en un claquement de doigts ! Et je ne serais pas surpris qu'un agent spécial ou deux se joignent à cette mêlée. Malheureusement, je pense que Tiger aura besoin de renforts. Ce connard a l'air d'être un fou furieux, conclut Fletch.

Sans que Truck n'entende l'échange entre les deux coéquipiers, il se déplaça de sorte à pouvoir courir en quelques secondes de l'autre côté du jardin lorsqu'il serait temps d'intervenir.

— Compris, souffla Ghost. Ça va aller pour Annie ? demanda-t-il d'un air inquiet.

— J'en suis sûr, répondit Fletch.

Il avait horreur de voir sa fille dans une telle situation, mais il la connaissait : non seulement elle n'était pas paniquée, mais elle semblait presque excitée par les événements. En d'autres circonstances, il aurait été inquiet pour bien moins que ça, mais en l'occurrence, il était soulagé de savoir qu'elle n'était pas réellement terrorisée. Il s'en serait voulu à jamais si le mariage de ses parents lui avait valu de suivre une thérapie toute sa vie...

Fletch se tourna vers Wolf et fit un léger signe de tête en direction d'Annie, puis de Tiger. Le soldat acquiesça sans rien dire et regarda l'homme qui les surveillait. Rassuré de savoir que les Forces Spéciales géraient la situation de leur côté, Fletch admira de nouveau le jeu d'actrice de sa fille.

— Boucle-la, s'écria le bandit. Retourne avec les bonnes femmes...

Continuant de pleurer et sans prêter attention à lui, Annie ramassa la prothèse qui était tombée à côté d'elle et la serra contre sa poitrine. Fou de rage, l'homme saisit alors la fillette par le bras et la força à se mettre debout. Fletch n'entendit pas ce qu'il lui disait, mais il espérait qu'il ne venait pas de la menacer...

En guise de réponse, Annie hocha la tête et traversa le jardin pour rejoindre le groupe des femmes. Les poils de Fletch se hérissèrent. Le moment était venu. Ce que Tiger et Annie avaient prévu était sur le point de se réaliser.

Il jeta un coup d'œil vers les hommes armés et fut surpris de les voir détendus et à l'aise. Décidément, ces quatre-là étaient de vrais minables. Ils ne pressentaient pas le danger et croyaient avoir la situation sous contrôle.

Sans cesser de pleurer, Annie arriva enfin auprès de l'homme chargé de surveiller le groupe des femmes.

Tout à coup, ce dernier se retourna pour s'adresser à ses complices, les enjoignant par un langage tout en finesse de « se magner le cul ».

Profitant de l'occasion, Annie mania le bras

prothétique d'Akilah comme une batte de baseball et le lança sur l'homme qui se tenait à côté d'elle.

De toutes ses forces.

Aussitôt, avant même que la prothèse ne touche le malfrat, Fletch se mit en action.

Ainsi que Ghost.

Tex. Fish.

Et TJ.

Truck, Wolf, Dude et les autres membres des Forces Spéciales bondirent à leur tour.

Une telle synchronisation aurait presque paru poétique si elle n'était pas aussi violente.

Sans surprise, Wolf et son équipe neutralisèrent l'homme qui se trouvait près d'eux, l'assommant en quelques secondes seulement.

Fletch, Ghost et leur équipe mirent leur propre braqueur à terre avant même qu'il eût le temps de comprendre ce qu'il se passait.

Quant à Fish et Tex, ils agirent avec la même dextérité que s'ils avaient clopiné sur trois jambes toute leur vie. En un rien de temps, ils eurent raison du fumier qui avait malmené Annie. L'homme hurla à l'unisson avec son complice, percuté par la prothèse d'Akilah. Plus tard, Hollywood leur raconterait que Tex avait frappé l'homme en même temps que Fish lui assenait un coup de pied latéral, lui brisant le genou.

TJ les rejoignit aussitôt, saisit l'AK-47 des mains du ravisseur et le pointa sur sa tête.

— Ne bouge pas, enfoiré, sinon je te bute.

Laissant la situation aux mains de TJ, Fletch se précipita vers Emily, Annie et les autres femmes.

Ghost, Coach, Tex et Fish eurent le même réflexe, s'élançant dans la même direction.

Le dernier homme armé, celui qui surveillait les femmes, était allongé sur le sol, inconscient, la lèvre fendue et une entaille ensanglantée au crâne. L'une de ses jambes était manifestement cassée et l'os de son avant-bras dépassait d'une vilaine fracture.

Sans chercher à savoir ce qui s'était passé ni qui avait fait quoi, Fletch alla directement vers Emily, agenouillée avec Annie dans les bras. Elle serrait la fillette contre sa poitrine pour la préserver de la violence de la scène. Il se laissa tomber à côté d'elles et entoura de ses bras les deux femmes qui comptaient pour lui plus que sa propre vie.

Il sentit Emily frissonner. Ils restèrent ainsi enlacés plusieurs secondes, jusqu'à ce qu'Annie se détache d'eux.

— Je ne peux pas respirer, papa, protesta-t-elle le plus naturellement du monde.

Avec une profonde inspiration, soulagé que ses femmes soient saines et sauves, Fletch recula. Doucement, il aida alors sa fille à se remettre sur ses pieds puis la tourna vers lui et la regarda dans les yeux.

— Tu vas bien ? lui demanda-t-il en frictionnant ses bras comme pour la revigorer.

Annie acquiesça à la façon des enfants, en hochant vigoureusement la tête.

— Tu es sûre ?

— Oui, papa. Je suis sûre. Et toi ?

Pour la première fois depuis que les quatre hommes avaient surgi, Fletch sourit. Sa fille était épatante : après tout ce qu'elle venait de vivre, c'était encore elle qui se souciait des autres.

— Je vais bien, petit lutin.

Elle se retourna alors dans ses bras et appela l'adolescente.

— Ton bras est génial, Akilah ! Tu avais raison, ça peut vraiment faire mal !

Fletch entendit des éclats de rire autour de lui, mais il était incapable de quitter sa fille des yeux. Elle était incroyable. Posant un doigt sous son petit menton, il orienta son visage vers lui.

— Tu as eu peur ?

— Pas vraiment, lui répondit-elle en le regardant

dans les yeux.

— Comment ça ?

— Un jour, maman m'a dit qu'on a pas peur quand on va faire quelque chose de très courageux. Et je veux être courageuse. Comme toi.

— Ta maman est vraiment très intelligente, répondit-il en détournant le regard pour croiser celui d'Emily.

— Je sais. Comme moi, rétorqua la fillette sur le ton de l'évidence.

— Exactement.

Fletch embrassa le front de sa fille sans rompre le contact visuel avec sa femme.

— Annie, que dirais-tu de m'aider à trier les affaires de tout le monde ? demanda alors Dude d'une voix grave.

Fletch leva les yeux vers lui. Il ne connaissait pas très bien cet homme, mais il y avait une affection particulière dans ses yeux quand il regardait la fillette. Il s'en était aperçu, dans l'église, lorsque Dude s'était levé pour retirer à la hâte les jouets en plastique qu'Annie avait semés dans l'allée, afin qu'Emily ne trébuche pas. Dude était capable de tuer de sang-froid, mais Fletch comprit immédiatement qu'il ne ferait jamais de mal à une femme ni à un enfant. Malgré son air bourru et autoritaire, c'était un homme compatissant.

— Génial ! lança Annie avec enthousiasme, levant les bras vers Dude sans hésiter.

Elle non plus ne connaissait pas bien cet homme. Elle l'avait rencontré pour la première fois le matin même, mais de toute évidence, elle savait reconnaître les personnes en qui elle pouvait avoir confiance.

Fletch regarda sa fille blottie contre le grand soldat, les bras autour de son cou. Il se dit qu'il allait devoir la surveiller de près lorsqu'elle commencerait à s'intéresser aux garçons. Elle semblait avoir un faible pour les hommes de tête...

— Je vais m'assurer qu'elle ne voie rien, souffla Dude à Fletch pour le rassurer.

— Je te remercie. J'apprécie beaucoup.

L'homme lui fit un signe de tête et Fletch vit Mozart s'approcher d'eux. Aussitôt, Annie, perchée dans les bras de Dude, le regarda attentivement.

— Tu as la même cicatrice que Truck ! s'exclama-t-elle en posant sa petite main sur la joue du militaire.

Fletch aurait dû s'inquiéter du goût prononcé de sa fille pour les hommes grands et forts, mais pour l'heure, il avait plus important à faire.

Au moment où il se retournait, Emily se jeta dans ses bras. Ils s'étreignirent longuement, appréciant le simple fait d'être ensemble, sains et saufs.

Fletch sentit sa femme trembler et il resserra son emprise afin de la réconforter.

— Em ? lui demanda-t-il, se penchant légèrement en arrière pour distinguer son visage.

— Je vais bien. C'est juste l'adrénaline.

Fletch passa les mains dans son dos en s'efforçant de la calmer.

— Ces abrutis ont ruiné notre mariage, murmura-t-elle.

— Non, dit Fletch sérieusement, ce n'est pas vrai. Aujourd'hui, nous nous sommes unis, et je ne laisserai personne nous l'enlever. Ce ne sera jamais le jour où nous nous sommes fait agresser ; ce sera toujours le jour de notre mariage. Chaque année, nous célébrerons cette journée. Nous irons au restaurant et nous ferons l'amour pendant des heures en rentrant à la maison. Aujourd'hui, je rends grâce à Dieu de nous avoir permis de nous donner l'un à l'autre.

— C'est magnifique, ce que tu dis, murmura Emily.

— Et c'est aussi la réalité. Tout ce qui est arrivé à ces fumiers, ce sont eux qui l'ont provoqué. Ils se sont trompés de fête et ils auront tout le temps de le regretter en prison.

— Les caméras fonctionnaient ? demanda Emily.

— Bien sûr.

— Donc, la police verra que vous avez agi en état de légitime défense ?

Fletch prit le visage d'Emily entre ses mains et la força à le regarder dans les yeux.

— Qu'est-ce qui te tracasse, mon amour ?

Emily se mordit la lèvre, hésitant à répondre.

— Je ne veux pas que vous alliez en prison, finit-elle par avouer.

— Nous n'irons pas en prison, la rassura Fletch avec conviction. C'était clairement de la légitime défense. Et puis, ils ne sont pas morts.

— Vraiment ? fit Emily d'un air étonné.

Fletch aurait dû lui en vouloir d'avoir pu imaginer qu'il était capable de tuer quelqu'un devant leur fille, mais il comprit qu'elle avait les idées brouillées à cause des événements. En outre, à la décharge d'Emily, il devait admettre qu'à peine dix minutes plus tôt, il s'était promis de tuer sans hésitation le premier qui oserait faire du mal aux deux femmes de sa vie.

— Non. Ils sont juste inconscients. Je crois que le plus amoché, c'est celui que Penelope a maîtrisé.

Emily tourna la tête vers le corps inerte sur le gazon. En effet, il était en piteux état. À présent, l'ancienne militaire discutait avec Beatle et Blade aux côtés de Moose, qui la tenait par la taille. Elle avait agi de manière rapide et brutale, sans laisser aucune chance à son adversaire.

— Au fait, quelqu'un a appelé la police ? s'enquit Emily.

— Oui, ne t'inquiète pas.

À vrai dire, il n'en savait rien, mais quelqu'un avait certainement appelé les secours. Si aucun des invités civils ne l'avait fait, TJ s'en était probablement chargé – en tant que responsable juridique, il devait connaître les bons réflexes.

Un large sourire illumina son visage en même temps que le monde de Fletch.

— J'ai l'impression que notre vie ne sera jamais ennuyeuse...

— Je crois que tu as raison, lui répondit-il.

Pour la première fois depuis l'intrusion des hommes armés, il se sentait enfin détendu.

7

———

Trois heures plus tard, la réception s'était déplacée à l'intérieur. Les invités avaient été interrogés par la police, les malfaiteurs arrêtés et emmenés en ambulance à l'hôpital pour y être soignés, et tous les biens personnels avaient été restitués.

La plupart des amis de Fletch et d'Emily étaient rentrés chez eux depuis longtemps. Quant à ceux qui restaient, ils étaient en sécurité à l'intérieur de la maison. Ce n'était pas grand, mais après ce qui venait d'arriver, cela n'avait plus aucune importance.

Tex était assis au bout du canapé avec Melody tout contre lui, la petite Alam endormie dans ses bras, tandis qu'Akilah était en tailleur par terre devant eux.

Penelope s'était installée dans l'un des grands

fauteuils. Avec une attitude protectrice, Moose s'était perché sur l'accoudoir.

Mary et Truck avaient pris place sur le canapé, à côté de Tex. Pour une fois, Mary ne paraissait pas aussi rebelle que d'habitude. Les événements l'avaient épuisée.

Ghost et Rayne occupaient deux coussins par terre, la jeune femme adossée contre le torse de son homme, tandis que Coach et Harley se trouvaient à proximité, enlacés contre un mur. Alanguie, Harley avait posé sa tête sur l'épaule de Coach.

Wolf, Abe, Cookie, TJ et Fish étaient assis autour de la grande table derrière le canapé. Quant à Mozart, Dude, Benny, Hollywood, Beatle et Blade, ils étaient dispersés dans la pièce à vivre.

Annie dormait à poings fermés sur le divan. Recroquevillée sur elle-même, elle laissait aller sa tête sur la jambe massive de Truck.

Enfin, les jeunes mariés étaient assis devant la cheminée. Ils se tenaient la main et discutaient avec leurs amis pour décompresser. Leurs nerfs avaient été mis à rude épreuve au cours de ces huit dernières heures, mais personne ne semblait pressé de rentrer chez soi. Personne n'avait même suggéré de coucher les enfants.

— Au fait, lança Fletch doucement pour ne pas

réveiller sa fille. J'étais occupé et je n'ai pas vu ce qui était arrivé à l'enfoiré qui surveillait les femmes. Quelqu'un peut m'expliquer ? demanda-t-il en regardant Penelope avec un sourire.

— Il nous a sous-estimées, c'est tout, répondit Penelope, sur la défensive.

— C'est le moins qu'on puisse dire, fit remarquer Fletch en riant. Tu l'as dézingué, Tiger.

Soulagée de constater que personne ne lui demandait de comptes, Penelope se détendit.

— Je ne lui ai pas fait très mal, en réalité, expliqua-t-elle en souriant. Je l'ai maintenu au sol en attendant que les autres fassent le sale boulot. Quand Annie l'a frappé avec la prothèse d'Akilah, j'ai profité qu'il soit distrait pour essayer de le désarmer. Ça n'a pas été facile, car il était clairement plus fort que moi, mais je voulais à tout prix l'empêcher de tirer sur quelqu'un. Heureusement, Moose est arrivé presque tout de suite. Il a asséné un premier coup au visage du gars pendant que j'essayais toujours de lui prendre le fusil des mains. Ce sale type a eu la lèvre fendue, mais ça ne l'a pas empêché de pointer son arme sur Moose.

Ce fut le principal intéressé qui raconta la suite.

— Je lui ai arraché l'arme des mains et je l'ai frappé à la tête. Ensuite, je lui ai donné un coup de pied dans le genou, mais je l'ai manqué et j'ai percuté sa cuisse à la place. J'ai entendu son os se casser et le mec est tombé au sol.

— C'est là que Tex et moi sommes arrivés, intervint Fish. Le type était sur le point de frapper Tiger, mais Tex lui a attrapé le poignet et j'en ai profité pour lui donner un coup de pied. Le pauvre, son bras était dans la trajectoire et je crois qu'il s'est cassé – en tout cas, son os sortait, ajouta-t-il avec ironie.

— C'est à ce moment-là qu'il s'est évanoui, conclut Tex en souriant.

— Merci de m'avoir rendu mon collier, lui dit Penelope.

Tex hocha la tête et lui lança un regard compatissant. Il savait qu'il était important pour elle d'avoir toujours le traceur GPS autour du cou.

— Tout le monde a récupéré ses affaires, n'est-ce pas ? demanda Emily pour la troisième fois.

— Oui, mon amour, tout le monde a récupéré ses affaires, répondit Fletch en l'attirant à lui pour l'embrasser amoureusement.

— C'était affreux de donner mon alliance, reprit-elle. Penelope, je sais que c'était difficile pour toi de te défaire de ton collier. Quant à vous, Tex, Fish et Akilah, je ne peux même pas imaginer ce que vous avez dû ressentir en retirant vos prothèses.

Elle fit une pause, puis s'adressa aux membres des Forces Spéciales.

— Et vous, les gars, vous ne vous attendiez certainement pas à vivre une troisième Guerre mondiale lors du mariage d'un ami. Je suis sincèrement désolée.

— Ce n'est pas ta faute.

Fletch avait résumé l'opinion générale.

Au même moment, Fish se leva de table et s'approcha du couple assis devant la cheminée en briques.

— Ton mari et ses gars m'ont sauvé la vie à une époque où je n'étais pas sûr moi-même de vouloir être sauvé, déclara-t-il d'un ton grave et sérieux, d'autant plus intense qu'il ne trahissait aucune émotion. Fletch et Truck ont insisté pour que je sois là au mariage, alors que tout ce que je voulais, c'était de rester couché au centre de rééducation et de m'apitoyer sur mon sort. Mais après ce qu'il s'est passé aujourd'hui, j'ai enfin le sentiment de pouvoir sortir du trou noir dans lequel je vis depuis des mois et de retrouver le goût de vivre.

— Que s'est-il passé de spécial ? lui demanda Emily en le regardant droit dans les yeux.

— Ta fille, répondit Fish avec gravité. Voilà ce qu'il s'est passé… Lorsque je l'ai vue marcher dans l'église en semant des pétales de fleurs et ses figurines GI Joe avec autant de bonheur dans les yeux, j'ai compris que la vie valait la peine d'être vécue. Et puis Akilah, qui a subi des choses bien plus terribles. Elle m'a ouvert les yeux en me faisant comprendre que j'avais encore une longue route devant moi. Et elle a raison. Mes coéquipiers qui n'ont pas eu la chance de rester en vie n'auraient pas voulu que je vive le reste de mes jours dans l'amertume et la colère. Et puis, ces quatre connards qui ont débarqué tout à l'heure en se foutant royalement de blesser ou de faire peur, tout ça pour quelques dollars…

« J'ai vu en action des hommes que je respecte et en qui j'ai confiance. J'ai vu une femme que je ne connaissais pas avant aujourd'hui sauter sur le dos de l'homme avec un fusil sans avoir peur pour elle-même. J'ai vu une petite fille, mille fois plus courageuse que la plupart des gens, s'en prendre sans sourciller à un homme de quatre fois sa taille. Et puis, j'ai vu ce qu'était le vrai travail d'équipe. Entre deux groupes de soldats qui s'unissent depuis toujours quand il s'agit de combattre l'ennemi. C'était efficace et altruiste, et je dois admettre que je suis heureux d'être en vie pour la première fois depuis que j'ai perdu mon bras. »

Emily retint son souffle alors que Fish continuait, agenouillé devant elle :

— Alors ne sois pas désolée pour aujourd'hui, Emily Fletcher. Sois reconnaissante d'avoir des amis d'une aussi grande valeur. Sois heureuse que tout le monde soit sain et sauf. Profite de l'amour de ton mari et de ta fille. Réjouis-toi que les quatre ordures qui ont essayé de gâcher votre journée aient été arrêtées et mises en taule pour un bon bout de temps. Sache que toi et ta fille, vous êtes protégées, aimées, que des hommes bons veillent sur vous.

— Je sais, murmura Emily en souriant.

— J'ai encore beaucoup de chemin à faire, reprit Fish en se relevant, s'adressant à tous les convives encore présents. Mais vous m'avez tous donné l'espoir et l'envie de parcourir ce chemin... Je ne serai plus jamais l'homme ni le soldat que j'ai été, mais j'ai compris aujourd'hui que ça n'avait pas d'importance. Et c'est ça l'essentiel.

Emily entendit quelques pleurs étouffés autour d'elle, mais elle ne quittait pas Fish des yeux.

— Tu seras toujours le bienvenu ici, Dane Munroe, lui dit-elle. Nous avons une chambre au-dessus du garage. Si tu as besoin d'un endroit où aller, tu peux venir. Nous ne te dérangerons pas et tu pourras y vivre en ermite aussi longtemps que tu le souhaites.

Fish sourit – le premier vrai sourire qu'Emily voyait sur son visage.

— Merci. J'apprécie beaucoup. Mais une fois que j'aurai terminé ma rééducation, je pense aller dans l'ouest. Peut-être dans l'Idaho. L'air pur et les montagnes m'attirent. Tout comme l'histoire des personnes qui y vivent, en marge de la société.

— Fais attention à ne pas devenir comme ces timbrés là-bas, murmura Fletch sans plaisanter.

Emily décocha un coup de coude à son mari.

— J'espère que tu trouveras ce que tu recherches, lui dit Emily avec douceur.

— J'espère aussi, répondit-il en soupirant.

La pièce tomba dans le silence pendant un long moment, chacun réfléchissant à la conversation qui venait de se dérouler entre Fish et Emily, profitant du bonheur simple d'être ensemble.

— Là-dessus, je pense que nous allons y aller, lança enfin Wolf en se levant.

Emily et Fletch se levèrent à leur tour, mais Wolf leur fit signe de se rasseoir.

— Ne vous dérangez pas, on connaît le chemin.

Les autres soldats le suivirent. L'un après l'autre,

tous embrassèrent la mariée et serrèrent la main de Fletch comme ils l'avaient fait le matin même, à l'église.

— Nous devrions y aller aussi, dit Moose à Penelope.

— Vous ne rentrez pas à San Antonio ce soir, n'est-ce pas ? s'inquiéta Emily.

— Non, la rassura Penelope. Nous dormons à l'hôtel cette nuit et nous partirons demain, dans la matinée.

Emily la regarda avec un sourire complice et surpris à la fois.

— Nous avons loué deux chambres, s'empressa d'ajouter Penelope, même si Emily la regardait toujours avec un sourire entendu.

— Quant à moi, je vais rentrer ce soir, lança TJ. Avec mon travail, j'ai l'habitude de rouler longtemps de nuit. Ça ne me fait pas peur.

— Bon, mais tu nous préviens quand tu es arrivé, d'accord ? demanda Emily.

TJ sourit, amusé par son inquiétude, puis il acquiesça d'un signe de tête.

— Je suppose que vous partez aussi, ajouta-t-elle à l'attention de ses deux amies.

— Oui, répondit Rayne avec un air à la fois

désolé et heureux. De toute façon, on se revoit vite. Nous sommes juste à côté !

— Je sais, mais après ce qui s'est passé ce soir, j'ai l'impression que vous vivez à des millions de kilomètres.

Le sourire de Rayne s'éteignit et elle se dirigea vers Emily pour la serrer dans ses bras.

— Nous, les femmes de Delta, nous ne serons jamais séparées, murmura-t-elle à l'oreille de son amie pendant qu'elle l'enlaçait. Je t'appelle demain, d'accord ?

— D'accord !

Soulagée, Emily prit ensuite Harley dans ses bras et embrassa les coéquipiers de son mari.

Le salon semblait presque vide désormais, même si plusieurs invités étaient encore là.

Truck était assis sur le canapé avec Mary, la tête d'Annie sur ses genoux. Tex n'avait pas bougé, ni Melody et leurs filles. Hollywood, Beatle, Blade et Fish étaient également restés.

— Vous n'allez quand même pas tous nous abandonner. Qui passe la nuit ici ? demanda Emily, un peu nerveuse en voyant la maison se vider.

C'était une remarque étrange, d'autant plus qu'il s'agissait de sa nuit de noces, mais elle ne supportait pas que tous les invités disparaissent. Elle avait besoin d'eux. Bien sûr, elle savait que Fletch la protégerait, mais elle voulait assurer ses arrières. Elle était certaine que les hommes encore présents pourraient agir en cas de danger, comme ils l'avaient fait plus tôt.

— Tex, ta famille et toi, vous pouvez dormir dans l'appartement du garage, proposa Fletch. Truck et Mary, il y a la chambre d'amis. Quant à vous, les gars, ajouta-t-il pour ses coéquipiers, nous pouvons vous installer des matelas dans le salon.

— Je ne peux pas rester pour la nuit, s'empressa de répondre Mary, se levant si rapidement qu'elle faillit perdre l'équilibre.

— Du calme, murmura Truck en la saisissant par le coude pour l'empêcher de tomber.

— Ça va ! fit-elle en se dégageant.

— Je vais te ramener chez toi, lui dit-il en déplaçant délicatement la tête d'Annie, se levant à son tour.

— Non. Je préfère prendre ma voiture.

— Pourquoi ?

— Parce que ! s'obstina Mary en fixant Truck dans les yeux.

— Mais... Si tu veux, je peux passer te prendre demain matin et t'amener ici pour que tu la récupères ? proposa-t-il sereinement.

— C'est stupide, Truck. Je peux tout à fait conduire ce soir.

— Quand as-tu mangé pour la dernière fois ? demanda-t-il, passant du coq à l'âne.

— Quel est le rapport ? demanda Mary en fronçant les sourcils.

— Tu tiens à peine debout. Tu es pâle. Et tu as du mal à garder les yeux ouverts. Il est hors de question que je te laisse conduire dans cet état.

Mary allait protester, mais Akilah l'interrompit.

— Il a raison. Tu devrais le laisser aller en voiture. Quand on trouve un homme qui est bon, il faut...

Elle marqua une pause, comme pour chercher le mot juste.

— ... le chérir, conclut-elle.

Mary capitula, incapable de répondre à la sagesse indéniable de la jeune fille.

— D'accord, admit-elle en levant les yeux vers Truck. C'est vrai que je suis fatiguée, et puis nous avons certainement des choses à nous dire... Je veux bien que tu me raccompagnes.

Le sourire sur le visage de Truck en disait long, mais personne n'en fit la moindre remarque.

— Parfait, dit-il avant de se tourner vers les jeunes mariés. Emily, Fletch, encore toutes mes féli-

citations ! Je suis très heureux que tu fasses officiellement partie de notre famille, Emily. Même si c'était
déjà le cas avant...

— Merci, Truck.

Fletch serra chaleureusement la main de son
ami avant de le regarder partir en compagnie de
Mary.

À présent, il ne restait plus que Tex, sa famille et
les gars de la Delta.

— Allez vous coucher ! ordonna Beatle à ses
hôtes. Vous avez l'air épuisés.

— Mais, Annie... commença à protester Emily.

— Je m'en occupe, l'interrompit aussitôt Beatle.
J'ai découvert que je n'étais pas trop mauvais comme
baby-sitter ! Et puis, ce ne sera pas la première fois
que je la mettrai au lit.

— J'ai rangé son panier de demoiselle d'honneur
avec ses figurines GI Joe près de son lit. Ce sont ses
jouets préférés en ce moment. Elle a piqué une crise
quand elle s'est rendu compte que nous les avions
oubliés à l'église.

— Elle voulait ajouter sa patte à la cérémonie,
observa Beatle en souriant, comme s'il était capable
de lire dans les pensées d'Annie.

— Et quelle patte ! confirma Emily en éclatant de

rire. Tu es sûr que ça ne te dérange pas de la mettre au lit… ? ajouta-t-elle avec hésitation.

— Absolument pas.

Fletch passa son bras autour de la taille de sa femme, qui se blottit contre lui.

— Tex, lança-t-il. La clé de l'appartement se trouve sur le porte-clés près de la porte d'entrée. Des draps propres sont sur le lit et le canapé est convertible. Vous déjeunez avec nous demain matin ?

— Avec grand plaisir, répondit Tex.

— Merci d'être là, lui dit le Delta avec sérieux.

Tex se leva alors, avec l'aide de sa femme, et se dirigea vers la porte d'entrée en boitant légèrement. De toute évidence, la journée avait été plus dure pour lui qu'il ne voulait l'admettre. Fletch s'inquiéta, mais il savait que Melody prendrait grand soin de son mari. Ces deux-là étaient très amoureux l'un de l'autre, ça sautait aux yeux.

Alors qu'il était sur le point d'ouvrir la porte, Tex se retourna et regarda Emily.

— Au fait, avec tout ce qui s'est passé aujourd'-hui, nous n'avons pas eu le temps de vous donner notre cadeau de mariage.

Elle s'apprêtait à répondre, mais Tex ne lui en laissa pas le temps :

— Fletch m'a dit qu'Annie te suppliait d'avoir le

droit de se faire percer les oreilles. Elle est peut-être un peu garçon manqué pour le moment, mais j'ai le sentiment qu'adolescente, ce sera une véritable fashionista. Je ne peux pas dire que je sois complètement d'accord avec l'idée qu'une petite de son âge ait les oreilles percées, ajouta-t-il en regardant sa propre fille endormie dans les bras de sa femme, mais je me suis dit qu'avec ses grands yeux bleus et son joli minois, vous alliez céder rapidement. Nous vous avons offert une paire de perles qu'elle pourra porter aux oreilles lorsqu'elle les aura percées.

— Oh, euh… merci, balbutia Emily.

Elle ne savait pas que penser d'une telle initiative, qui ne ressemblait pas vraiment à un cadeau de mariage.

L'ancien soldat sourit, comme s'il suivait le fil de ses pensées.

— Ce sont des boucles d'oreilles très spéciales, Emily. Le genre qui vous aidera, toi et ton militaire de mari, à garder un œil sur votre fille à tout moment. Nous vivons dans un monde dangereux et fou. Je peux t'assurer que dès qu'Alam sera assez grande, elle aura sa propre paire.

— Moi aussi j'en ai, intervint Akilah en ramenant ses cheveux derrière ses oreilles afin de montrer les pierres bleues qu'elle portait.

Tex posa une main affectueuse sur la tête de sa fille, la regardant avec amour.

— Bonne nuit à tous. On se voit demain matin ! Et encore toutes nos félicitations à vous deux, ajouta-t-il avant de quitter la pièce avec sa famille.

Après leur départ, Emily se tourna vers Fletch.

— Je n'ai rien compris... lui avoua-t-elle.

— Les boucles d'oreilles sont dotées d'un dispositif de suivi GPS, mon amour, lui expliqua-t-il en souriant.

— Quoi ?

— Le même que dans le collier de Tiger, celui qu'elle n'enlève jamais. Les femmes des Forces Spéciales en ont toutes. En offrant ça à Annie, Tex veut nous signifier que nous n'aurons jamais à nous soucier d'une éventuelle disparition. Jamais.

— Je ne suis pas très à l'aise avec ça. J'ai l'impression qu'on l'espionne, dit Emily en se mordillant la lèvre, dubitative.

— Nous n'aurons pas accès aux données, mon amour. Seul Tex saura où elle se trouve. Tu te souviens de ce que tu as ressenti quand Jacks t'a kidnappée ? Eh bien, si quelqu'un s'aventurait à tenter la même chose avec notre fille, le traceur nous permettrait d'intervenir avant que la situation ne soit trop grave.

— D'accord... C'est vrai que, dit comme ça, réfléchit Emily.

— Tu n'as pas à décider tout de suite. Prends le temps d'y penser.

— Promis.

Fletch lui sourit et l'embrassa sur le front.

— Faites comme chez vous, les gars, annonça-t-il en s'adressant à Hollywood, Beatle et Blade, qui écoutaient sans vergogne leur conversation, un sourire aux lèvres. Et ne me dérangez pas, sauf si la maison est en train de brûler.

— Je n'oserais jamais, vieux ! rétorqua Blade, narquois.

— Avant que vous ne partiez, monsieur et madame Fletcher, puis-je avoir votre code Wi-Fi, s'il vous plaît ? Je voudrais consulter mes e-mails, demanda Hollywood.

— Mais bien sûr... On la connaît ? répondit Fletch avec un clin d'œil avant de donner à son ami leur code Internet.

— Non, mais j'espère que vous la rencontrerez à l'occasion du Bal de l'Armée, dans quelques semaines, répondit Hollywood en souriant. Nous échangeons des messages depuis un moment maintenant... et je crois que je l'aime bien. Elle est cool, on parle d'un tas de choses.

— Je suis contente pour toi, lui dit Emily avec un sourire. Comment s'appelle-t-elle ?

— Kassie.

— J'ai hâte de la rencontrer. J'ai l'impression que c'est la bonne, cette fois-ci...

Hollywood haussa les épaules et ne put s'empêcher de sourire.

— Je crois aussi !

— Génial ! conclut la jeune femme, sincèrement heureuse pour l'ami de son mari. Vous avez besoin d'autre chose ?

— Tout va bien. Allez vous coucher maintenant, ordonna Beatle depuis le canapé où il était assis à côté d'Annie encore endormie. Je pense que nous allons regarder un peu la télévision... juste comme ça... histoire de ne rien entendre !

Emily rougit et passa le bras autour de la taille de son mari.

Fletch lança un regard noir à son ami, furieux qu'il ait embarrassé sa femme.

Puis le couple s'éclipsa. Ils auraient pu être gênés de passer leur nuit de noces alors que leurs amis étaient au bout du couloir, mais après tout ce qu'ils venaient de vivre, c'était le cadet de leurs soucis... Ils allaient faire l'amour, et alors ?

Fletch sentait les courbes d'Emily contre lui

tandis qu'ils marchaient, enlacés, en direction de leur chambre. Il connaissait son corps par cœur, mais la pensée de lui faire l'amour – dans un lit, couchés, en prenant tout leur temps – l'excitait follement. Le petit avant-goût qu'ils avaient eu chez Mary après la cérémonie était très agréable, certes, mais il était grand temps de montrer à Emily combien il l'aimait et à quel point il se considérait comme le plus heureux des hommes.

8

____

Emily était nerveuse. Devant le miroir de la salle de bain, elle passa ses mains sur la magnifique nuisette ivoire qu'elle portait et que Rayne lui avait offerte en cadeau de mariage. Avec de fines bretelles qui se nouaient dans le cou, elle avait un col V très plongeant laissant apparaître le sillon entre ses seins. La jupette moulait sa taille et ses hanches, évasée à partir des fesses. Elle était courte... très courte, couvrant à peine le haut de ses cuisses. Quant au dos, il était complètement nu jusqu'à sa chute de reins, uniquement orné du nœud des bretelles qui descendait jusqu'en bas.

Étonnamment – ou pas – ce n'était pas très confortable. La dentelle au bord du corsage la grattait et elle se sentait extrêmement exposée. C'était sans doute fait exprès. Emily savait parfaitement que Fletch lui retirait très vite cette nuisette, mais quand même...

Il lui avait demandé de conserver les sous-vêtements qu'elle portait sous sa robe de mariée, mais elle aimait l'idée de le surprendre.

Elle s'en voulait d'être nerveuse à la perspective d'entrer dans la chambre qu'elle partageait avec Fletch. Il l'avait vue nue de nombreuses fois, et pourtant ce soir, cela semblait différent. Peut-être était-ce à cause de ce qui s'était passé plus tôt ? En effet, la nuit aurait pu être très différente si quelqu'un avait été blessé. Peut-être était-ce la sensation nouvelle de son alliance autour de son doigt ? Emily inspira et expira lentement. Contemplant son reflet dans le miroir, elle s'encouragea. Elle aimait son mari et tout se passerait bien...

Elle poussa alors la porte de la salle de bain et pénétra dans la chambre, découvrant avec incrédulité ce que Fletch avait organisé pendant qu'elle se préparait.

Il y avait de petites bougies partout, dont les flammes vacillaient sous la légère brise du ventilateur du plafond. Il avait retiré la couette du lit et répandu des pétales de rose sur les draps. Ce n'était pas grand-chose, mais suffisant pour qu'Emily comprenne à quel point son mari voulait que cette nuit soit parfaite.

Fletch se tenait à côté du lit en boxer. Elle l'admira avec envie, de la tête aux pieds. Ses cheveux ébouriffés lui donnaient un air adorable. Il se dirigea vers elle, faisant onduler ses muscles. Les tatouages sur ses bras paraissaient encore plus sexy dans la pénombre... peut-être aussi parce qu'il s'agissait de leur nuit de noces. Elle observa ses abdominaux et son bas ventre, puis descendit jusqu'à son caleçon à travers lequel elle devinait la fougue qu'il ressentait pour elle.

— Tu es magnifique, lui dit-il avec émerveillement. Tu l'es toujours, mais ce soir, tu es à couper le souffle. Je pensais que ton corset était sexy, mais ça... Tourne-toi.

Il lui prit la main et la fit tourner sur elle-même.

Rechignant à le quitter des yeux, Emily s'exécuta. Séduit par son dos délicat, Fletch ne put s'empêcher de la maintenir immobile en posant ses mains sur ses hanches afin d'admirer le spectacle.

— Waouh... souffla-t-il, incapable de dire quoi que ce soit.

Emily sentit son souffle chaud sur sa nuque. Elle frissonna et ferma les yeux.

Du bout des doigts, Fletch suivit les fines

bretelles de la nuisette, puis, n'y tenant plus, l'embrassa dans le cou. Elle pencha alors la tête en avant et lui offrit sa nuque.

— C'est la chose la plus sexy que j'aie jamais vue, dit Fletch, plus pour lui-même que pour elle, faisant à nouveau glisser son doigt le long de sa colonne vertébrale jusqu'à la naissance de ses fesses.

Emily se laissa aller dans ses bras et il sentit ses fesses s'appuyer délicatement contre lui. Il passa la main sur son ventre et l'attira. Son excitation irradiait dans tout son corps.

Posant l'une de ses mains par-dessus celle de Fletch, sur son ventre, elle leva l'autre et la passa dans les cheveux de son mari.

— Je t'aime, Cormac, murmura-t-elle.

— Moi aussi, je t'aime, Miracle Emily. Tu es *mon* miracle. Tu n'as pas idée à quel point je tiens à toi et à Annie.

— Je crois que j'ai une petite idée sur la question, répondit-elle en se frottant doucement contre lui, de plus en plus excitée.

Cédant à son besoin de lui faire face, elle se retourna dans ses bras. Si elle en était capable, c'était uniquement parce qu'il le lui permettait. Fletch n'était pas particulièrement dominateur, mais il avait un côté autoritaire, même en amour. Il avait tendance à lui faire faire ce qu'il voulait, quand il le voulait. Et si Emily avait envie de quelque chose, il ne le lui accordait que lorsqu'il était lui-même prêt à le donner.

Pourtant, ce soir, elle sentait qu'il était particulièrement excité et vulnérable, comme elle. L'envie qu'elle éprouvait pour lui et l'avidité avec laquelle elle désirait le sentir étaient réciproques.

— La décoration est magnifique, lui dit-elle en passant ses bras autour de son cou. Merci.

— Puisque nous n'allions ni à l'hôtel ni dans un plus bel endroit, je voulais rendre cette soirée spéciale, répondit doucement Fletch, parcourant le corps d'Emily avec ses mains, le long de son dos, de ses hanches, remontant vers ses seins puis redescendant jusqu'à ses fesses pour la plaquer contre lui.

— Chaque minute de chaque jour que je passe avec toi est spéciale, lui dit-elle. Mais pour l'instant, tout ce que je veux, c'est faire l'amour avec toi, monsieur mon mari...

Sans un mot, il recula tout en continuant de l'enlacer, l'obligeant à s'avancer jusqu'à atteindre le bord du lit. Toujours sans rien dire, mais la dévorant des yeux, Fletch s'assit sur le matelas et passa les bras autour d'elle, saisissant l'une des bretelles. Il tira lentement jusqu'à défaire le nœud.

Emily sentit alors la nuisette lui échapper légèrement et sourit en voyant la gourmandise dans le regard de son mari. D'un geste délicat, elle fit glisser une bretelle, puis l'autre, jusqu'à ce que le vêtement de soie couleur ivoire tombe à ses pieds dans un léger bruissement. Elle était entièrement nue.

Fletch écarta les jambes et tira Emily entre ses deux cuisses. Il fit glisser un doigt entre ses fesses, tandis que, de l'autre main, il caressait son visage.

— Je t'aime tellement, Em, lui dit-il en levant les yeux. Le soir, quand je quitte le travail pour rentrer à la maison, le simple fait de savoir que tu m'attends me procure un bonheur que je n'avais jamais imaginé ressentir un jour. Le matin, quand je me réveille, la première chose que je fais, c'est de te regarder dormir à côté de moi. J'ai passé de longues heures, la nuit, le matin, à te contempler dans ton sommeil en me disant que j'étais l'homme le plus chanceux de la terre. Merci de me faire confiance. Même quand tu pensais que j'étais de mèche avec cet enfoiré de Jacks, au fond tu savais que j'étais incapable de te faire du mal. Et tu as raison. Je ne te ferai jamais de mal. Jamais. J'ai eu tellement peur ce soir. Pas pour moi, mais pour toi. Et pour notre fille. Je ne peux pas vivre sans toi, Em. Je ne peux pas...

— Et ça n'arrivera pas. Je ressens la même chose,

Fletch. Généralement, les hommes comme toi ne regardent pas les femmes comme moi. Chut... ne dis rien, l'interrompit-elle alors qu'il s'apprêtait à contester. Ce que je veux dire, c'est que tu aurais pu avoir n'importe quelle femme au monde. Pourtant, tu m'as choisie, *moi*. Je réalise, et je réaliserai toujours, la chance que j'ai.

Fletch l'attira à lui en même temps qu'il la faisait tourner sur elle-même. Elle se retrouva allongée sur le dos et il s'avança sur elle. Emily sentait sa queue dure contre son sexe lisse, et son désir devint si fort qu'elle en eut du mal à respirer. Cédant à son envie de le sentir encore plus près, elle inclina légèrement le bassin vers le haut et se pressa contre lui.

— J'ai envie que tu me prennes, dit-elle dans un souffle. Retire ton boxer.

Fletch obéit en souriant. Il se mit à nu dans un geste rapide et découvrit son sexe long et dur. Revenant sur sa femme, il lui écarta les jambes et s'installa entre ses cuisses. D'une main, il caressa ses petites lèvres, constatant avec plaisir qu'elle était trempée, prête à le recevoir. Alors, sans un mot, il saisit sa queue et la plaça contre la fente d'Emily tandis qu'elle repliait les genoux et plaquait ses pieds contre l'arrière de ses cuisses afin d'être parfaitement ouverte.

Lentement, trop lentement, Fletch commença à la pénétrer. Il était doux, lui laissant le temps de s'habituer. Il continua ainsi jusqu'à être tout entier en elle, ses bourses contre ses fesses.

Ils soupirèrent d'extase et Emily décolla légèrement les hanches afin de le sentir encore plus profondément.

Fletch entreprit alors d'aller et venir en elle, d'abord doucement, puis plus vite.

— Encore plus vite, le supplia-t-elle.

— Non. Je t'ai baisée tout à l'heure. Maintenant, je veux te faire l'amour.

— Moi aussi, gémit-elle, mais j'ai tellement envie que tu accélères.

— Et moi, je veux que ça dure, répliqua-t-il en maintenant un rythme langoureux.

— Nous avons toute la vie devant nous, Fletch. Tu auras tout le temps de me faire l'amour plus tard.

Il sourit sans céder à ses arguments.

— Mais chaque fois que j'essaye de te faire l'amour, tu finis par t'impatienter et me demander d'aller plus vite.

Elle ne répondit rien, consciente qu'il avait raison. Elle se contenta donc de contracter ses parois internes lorsqu'il revint en elle, lui arrachant un gémissement.

— Tu n'es pas très *fair play*, grogna-t-il en la regardant droit dans les yeux.

— Même si c'est délicieux, tu sais que ce n'est pas ce que je préfère...

Il le savait, en effet. Elle n'avait de plaisir que lorsqu'il la prenait avec vigueur. Elle avait besoin d'une stimulation directe sur son clitoris et elle aimait sentir son bas ventre la percuter lorsqu'il la pénétrait fougueusement.

Il soupira, capitulant malgré lui, mais Emily savait que c'était de la comédie. Il aimait autant qu'elle se laisser aller et la prendre sauvagement.

Fletch roula sur le côté en la faisant tourner, de sorte qu'elle se retrouve sur lui.

— D'accord, madame ma femme. Prends-moi comme tu le veux.

Emily sourit. Elle était peut-être à cheval sur son corps, mais c'était toujours lui qui menait la danse, et ils le savaient tous les deux. Immédiatement, elle se souleva et redescendit sur sa queue, fermant les yeux de plaisir lorsque Fletch lui caressa le clitoris avec le pouce. En s'empalant, elle essayait d'avancer le bassin pour augmenter la pression du doigt.

— Baise-moi ! ordonna doucement Fletch, lui caressant les seins de son autre main, pinçant délicatement ses tétons.

Docile, Emily revint à l'assaut de plus en plus énergiquement, poussant de légers râles comme dans un film porno. Agrippée à ses abdominaux, elle se pencha en avant afin d'aller encore plus vite, de le sentir davantage.

Il ne lui fallut que quelques minutes pour atteindre son premier orgasme. Frissonnante, les yeux fermés et la tête basculée en arrière, elle planta ses ongles dans son torse pour se retenir de chavirer tandis que Fletch continuait de frotter son clitoris sans s'arrêter, comme il le faisait d'habitude lorsqu'elle jouissait. Lentement, elle sentit un deuxième orgasme monter en elle, intense... C'était tellement bon que c'en était presque douloureux.

— Fletch... haleta-t-elle.

— Tu es belle, l'entendit-elle dire alors qu'il la saisissait par les fesses pour continuer à la faire onduler.

Il gémissait de plus en plus fort, au rythme des mouvements d'Emily sur sa queue d'acier. Soudain, elle sentit son sperme jaillir en elle, provoquant un troisième orgasme, si puissant qu'elle s'écroula sur lui.

Abandonnée sur son corps, elle sentait sa queue ramollir doucement. Le parfum musqué du sexe se mêlait à celui des roses, emplissant la pièce. Elle enfouit son visage dans le cou de Fletch et soupira, sereine.

— Je t'aime, murmura-t-elle en caressant doucement les muscles de son bras.

— Moi aussi, je t'aime, répondit-il aussitôt.

Ils restèrent ainsi un long moment, sans rien dire, profitant simplement du plaisir d'être l'un contre l'autre, laissant leur rythme cardiaque revenir à la normale. Emily finit par s'endormir pour se réveiller d'un œil lorsque Fletch la fit rouler sur le côté, se plaquant derrière elle, une main sur ses seins, et tirant le drap sur eux.

— Annie, murmura Emily en sachant que leur fille avait l'habitude de les réveiller le matin en entrant dans leur chambre pour les rejoindre dans le lit et se blottir contre eux.

— Chut. Je te réveillerai plus tard pour que tu puisses enfiler quelque chose.

— ... d'accord, fit-elle dans un demi-sommeil.

— Joyeux anniversaire zéro, mon amour, susurra Fletch à son oreille en déposant un doux baiser sur sa tempe.

— J'adore ça, murmura Emily.

— Tant mieux. Dors, maintenant.

Emily n'entendit pas ces derniers mots. Elle avait déjà rejoint Morphée.

*** * ***

Fletch regarda sa femme dormir, comme il le faisait presque chaque nuit. Malgré tout le temps qu'ils avaient passé ensemble, il avait toujours du mal à croire qu'elle était bel et bien à lui.

Bien sûr, leur relation connaissait des hauts et des bas, ils se disputaient parfois. Emily, qui avait été très économe pendant de nombreuses années avant de le connaître, lui reprochait notamment de dépenser trop d'argent pour les gâter, sa fille et elle. Mais pour rien au monde, Fletch n'aurait voulu que leur relation soit différente.

Emily était une femme positive. Elle ne perdait pas son temps sur les choses qu'elle ne pouvait pas contrôler... comme ses horaires de travail, par exemple. Elle ne se fâchait jamais lorsqu'il l'appelait au dernier moment pour lui dire qu'il rentrerait tard ou qu'il devait partir en mission et ne savait pas quand il serait de retour. Il savait qu'elle s'inquiétait pour lui, mais elle ne lui reprochait jamais son travail ni n'insistait pour qu'il arrête de fumer. Si Annie tombait malade, ils décidaient d'un commun accord lequel des deux restait à la maison avec elle. Et lorsqu'il avait besoin d'être seul à cause d'une opération délicate en cours, ou pour se préparer à une mission, elle comprenait et veillait à ce qu'Annie ne le dérange pas jusqu'à ce qu'il soit à nouveau disponible. Par-dessus tout, lorsque quelque chose n'allait pas entre eux, ils en parlaient longuement, le soir, après s'être couchés. Ni l'un ni l'autre n'était parfait, mais ensemble, tout semblait fonctionner presque idéalement.

Fletch glissa une mèche de cheveux d'Emily derrière son oreille et sourit en pensant à leur mariage. Annie avait été adorable, Emily radieuse. Et ils avaient passé la journée avec leurs amis et leur famille. Hormis l'intrusion de ces quatre enfoirés, la journée avait été parfaite. Il embrassa une nouvelle fois la tempe d'Emily puis se pelotonna contre elle. *Sa femme. Femme...* Il n'avait jamais autant aimé ce mot auparavant.

Ses coéquipiers s'étaient montrés soucieux quand il avait pris la décision d'adopter Annie, mais c'était un sujet qu'ils avaient souvent abordé en amont, tous les deux. Elle lui avait dit qu'elle lui faisait confiance et qu'elle était fière qu'il puisse devenir officiellement le père de sa fille avant leur mariage.

— Elle t'aime, avait-elle dit. Même s'il se passe quelque chose et que nous décidons d'annuler le mariage, je sais que tu ne la laisseras jamais tomber.

Fletch l'avait alors rassurée quant au fait que rien ne pourrait jamais les séparer et que, quoi qu'il advienne, il serait toujours là pour Annie. Elle lui avait donné le feu vert pour adopter sa fille et devenir officiellement papa.

Il ne savait pas ce que l'avenir leur réservait, à Emily et lui, à leur fille, à ses coéquipiers et ses amis... Mais il y avait une chose dont il était certain : personne ne serait jamais plus heureux qu'il l'était en cet instant précis.

Fletch s'endormit en pensant qu'il avait hâte que la journée du lendemain commence, pour retrouver les deux femmes qu'il aimait le plus au monde et la vivre avec elles.

*

Ne ratez pas le prochain tome de la série *Delta Force Heroes* : Un héros pour Kassie

DU MÊME AUTEUR

Autres livres de Susan Stoker

Delta Force Heroes Series

Un héros pour Rayne

Un héros pour Emily

Un héros pour Harley

Un mari pour Emily

Un héros pour Kassie

Un héros pour Bryn (Décembre)

Un héros pour Casey (Janvier)

Un héros pour Wendy (Février)

Un héros pour Mary (Mars)

Un héros pour Macie (Avril)

Forces Très Spéciales Series

Un Protecteur Pour Caroline (Novembre)

Un Protecteur Pour Alabama (Janvier)

Un Protecteur Pour Fiona (Mars)

Un Protecteur Pour Summer

Un Protecteur Pour Cheyenne

Un Protecteur Pour Jessyka

Un Protecteur Pour Julie

Un Protecteur Pour Melody

Un Protecteur Pour the Future

Un Protecteur Pour Kiera

Un Protecteur Pour Dakota

En Anglai

Delta Force Heroes Series

Rescuing Rayne

Rescuing Emily

Rescuing Harley

Marrying Emily (novella)

Rescuing Kassie

Rescuing Bryn

Rescuing Casey

Rescuing Sadie (novella)

Rescuing Wendy

Rescuing Mary

Rescuing Macie (novella)

Delta Team Two Series

Shielding Gillian (Apr 2020)

Shielding Kinley (Aug 2020)

Shielding Aspen (Oct 2020)

Shielding Riley (TBA)

Shielding Devyn (TBA)

Shielding Ember (TBA)

Shielding Sierra (TBA)

SEAL of Protection: Legacy Series

Securing Caite

Securing Brenae (novella)

Securing Sidney

Securing Piper

Securing Zoey (Jan 2020)

Securing Avery (May 2020)

Securing Kalee (Sept 2020)

Ace Security Series

Claiming Grace

Claiming Alexis

Claiming Bailey

Claiming Felicity

Claiming Sarah

Mountain Mercenaries Series

Defending Allye

Defending Chloe

Defending Morgan

Defending Harlow

Defending Everly

Defending Zara (Mar 2020)

Defending Raven (June 2020)

SEAL of Protection Series

Protecting Caroline

Protecting Alabama

Protecting Fiona

Marrying Caroline (novella)

Protecting Summer

Protecting Cheyenne

Protecting Jessyka

Protecting Julie (novella)

Protecting Melody

Protecting the Future

Protecting Kiera (novella)

Protecting Alabama's Kids (novella)

Protecting Dakota

Badge of Honor: Texas Heroes Series

Justice for Mackenzie

Justice for Mickie

Justice for Corrie

Justice for Laine (novella)

Shelter for Elizabeth

Justice for Boone

Shelter for Adeline

Shelter for Sophie

Justice for Erin

Justice for Milena

Shelter for Blythe

Justice for Hope

Shelter for Quinn

Shelter for Koren

Shelter for Penelope

À PROPOS DE L'AUTEUR

Susan Stoker est une auteure de best-sellers aux classements du New York Times, de USA Today et du Wall Street Journal. Elle a notamment écrit les séries Badge of Honor: Texas Heroes, SEAL of Protection et Delta Force Heroes. Mariée à un sous-officier de l'armée américaine à la retraite, Susan a vécu dans tous les États-Unis, du Missouri jusqu'en Californie en passant par le Colorado, et elle habite actuellement sous le vaste ciel du Tennessee. Fervente adepte des fins heureuses, Susan aime écrire des romans où les sentiments laissent place au grand amour.

http://www.StokerAces.com

facebook.com/authorsusanstoker

twitter.com/Susan_Stoker

instagram.com/authorsusanstoker

goodreads.com/SusanStoker